U0536314

〖中华诗词存稿·名家专辑〗
中华诗词学会 编

何鹤诗词选集

何鹤 著

中国书籍出版社
China Book Press

何鹤简历

何鹤，男，吉林农安人。中华诗词学会教育培训中心高级研修班导师。《中华诗词》责任编辑。曾获全国诗词大赛第一名十余次，一、二等奖近百次。著有《诗词速成手册》《何鹤诗词选集》《诗词点评笔记》《百字飞花令》《诗中岁月》《律诗分韵集联》等。

总　序

我们这个诗歌大国有一个很好的传统，历来注重"采诗"、搜集整理诗歌材料。作为唯一的全国性诗词组织的中华诗词学会，自1987年5月成立以来，就十分重视这项工作。学会每年的学术研讨会和历届"华夏诗词奖"，都出版论文集和获奖作品集。纪念学会成立二十年、三十年时，还专门编辑出版了《大事记》《论文选集》《诗词选集》。《中华诗词》创刊以来，每年都制作年度合订本。2007年5月，在北京天识东方文化艺术传播有限公司的资助下，以近代以来诗词创作、诗词理论、诗词运动重要文献汇编，当代名家个人作品专集等为主要内容，出版了《中华诗词文库》。经过十来年的编辑整理，已经出了近百卷。这些诗集、文集的出版，记录了近百年来尤其是改革开放四十多年来，中华诗词从起步、复苏走向复兴的砥砺前行的历程，为近、当代诗歌史的撰写准备了丰富的资料。

党的十八大以来，中华民族优秀传统文化重新受到应有的重视。习近平总书记《念奴娇·追思焦裕禄》词和《军民情》七律的相继发表，引领中华大地诗潮滚滚而来。《中共中央关于繁荣发展社会主义文艺的意见》和中办、国办《关于实施中华优秀传统文化传承发展工程的意见》，都明确提出"加强对中华诗词、音乐舞蹈、书法绘画、曲艺杂技和历史文化纪录片、动画片、出版物等的扶持。"国家教育部组织制定由中华诗词学会起草的新中国语言体系中的新韵书《中华通韵》已经通过国家语言文字工作委员会语言文字规范标准审定委员会审定，即将颁布全国试行。这些都使我们真切地感受到，中华诗词的春天真的到来了。诗人们乘着骀荡春风，正以高昂的激情，书写着中华民族伟大复兴的新时代、新史诗，国家富强、民族振兴、人民幸福的中国梦；正以与人民同呼吸、共命运的诗人之心，对人民的欢乐、人民的忧患、人民的情怀给以诗意的表达；正以"美"或"刺"的诗人之笔，对市场经济大潮中人民对幸福生活的期待，对美好未来的希望，对假丑恶的深恶痛绝，或给以方向，或给以赞美，或给以鞭挞。正如习近平总书记所指出的："好的文艺作品就应该像蓝天上的阳光、春季里的清风一样，能够启迪思想、温润心灵、陶冶人生，能够扫除颓废萎靡之风。"

当前，传统诗词创作者和诗词爱好者队伍发展迅速，已超过三百万。每天创作的诗词作品超过唐诗、宋词、元曲的总和。诗词评论研究队伍也成长很快，诗词评论、诗词学、诗词创作理论研究成果丰硕。如何从浩如烟海的诗词作品中"淘"出优秀作品，并使之存下来、传下去，如何使诗词研究理论成果"面世"并发挥应有的指导作用，确实是摆在我们面前的无可回避的一个重要课题。中华诗词学会是一个没有国家编制，没有国家拨款的社会团体，事业的运转主要靠社会赞助和会员费支撑。俊识（北京）文化传媒有限公司总经理吕梁松、北京采薇阁总经理王强，两位一直是对中华传统文化情有独钟的热心人，慷慨解囊，愿意同中华诗词学会一起，搜集整理编辑推出《中华诗词存稿》这套书，共同为中华诗词文化的继承和发展，做成这件十分有意义的事情。

《中华诗词存稿》主要搜集整理出版三部分内容的资料：一是当代诗词名家的个人作品集；二是当代诗词评论家、诗词学者的学术著作集；三是当代诗词作品、诗词理论学术成果阶段性、专题性、地域性的集成类作品集。诗词作品强调精品意识，沙里淘金，把"有筋骨、有道德、有温度"的优秀诗词作品搜集起来。诗词评论、研究类资料强调理论性和创新性，应具有鲜明的个性特点，具有创建性的见解。集成类的资料应有一定的史料保存价值。总之，做成一套具有当代价值和历史意义的好书。在此，我们编委会人员，向提供资料、筛选编辑、版面设计、校对勘误、包括所有为这套资料付出辛勤劳动的同志们，表示真诚的谢意！

郑欣淼

二〇一九年七月于北京

半城楼影裁诗卷 十里莺声缠柳条

康丕耀

何鹤是一个善于发现美和提炼美的纯情诗人。予关注其作品已逾八载。读其佳咏，总有清风扑面之感。他是当代能够彻底感动我的一个才气型诗人。每于寻常事、眼前景，发而为诗，即成佳构。可谓人人眼前皆有，人人笔下皆无。

自《诗经》以来，现实主义杰作代代不乏之。综观何鹤诗作，亦属斯一脉径。为有别于古代，姑且称之为"新现实主义"吧。本文仅就其艺术倾向做些初探。

一、意境幽美情景交融

古人论诗，常及意境。认为意境是诗人的主观情感与客观物境通过形象思维后，使"意"与"境"相互交融，从而达到两者浑然一体的艺术境界。因而，衡量一首诗词优劣的重要尺度，就是看其意境营造得如何。让我们来看何鹤的几首诗作。

> 风叶冷嗖嗖，村姑汗水流。
> 挥镰割月色，放倒北山秋。

《秋色赋》言秋收时节，农人最忙，连正值妙龄的村中姑娘也"上阵"了。清风吹而明月浮，银镰动而热汗流。这是多么紧张而动人的一幅"北山秋收图"呀。颗颗汗香，似与缕缕稻香一同芬芳。意与境合，情与景融，声色兼备，虚实相生。"月"说"镰割"，"秋"言"放倒"，语奇而味多。非一等高笔，焉能若此？人言"以意胜者，莫若欧阳公；

以境胜者,莫若秦少游",予谓此作,意境双胜。来看下面这首《家乡即景》:

> 牛车款款小村还,鞭打枝头月一弯。
> 满载春天希望走,夫妻灯下卸丰年。

一钩弯月,悬挂枝头;牛车款款,夜归小村。此般情景,古今无异。诗人高明处,恰在第三句之"峰回路转"。此作之妙,功在转句,似无辞采,实为丽言,有若神来之笔,既承上,复启下,让整首诗作顿生时空交错之感,意境也更加深远与丰满。鞭何能打枝月?人何能卸丰年?此者,真乃"诗家语"也。严沧浪说:"诗有别趣,非关理也。"斯二佳句,正合此论。

> 水道纵横通旧年,粉墙黛瓦印霜天。
> 桂花淡淡香亭角,竹影悠悠摇月肩。
> 一叶梧桐带秋落,满城灯火枕波眠。
> 那人独立桥头上,不为钟声不为船。

王国维在《宋元戏曲史》中说:"何以谓之有意境?曰:写情则沁人心脾,写景则在人耳目,述事则如其口出是也。"何鹤《苏州》,不仅有意境,而且有境界。其尾联,化用张继名句,却不留痕迹,自铸新词。如此美作,简直无法评说。其意丰、其神远、其辞清、其韵婉,只可意会,不可言传。但敢断言,它可与吟咏姑苏风光的历代名篇相媲美,其颈联必将成为穿越时空的不朽名句。

二、道人未道别出心裁

读何鹤诗作，总有一种活泼泼的新鲜感，在强烈地触动着你，激动着你，乃至震撼着你。

> 知君本是栋梁材，可叹原非当树栽。
> 置在街前添一景，出头自有剪刀来。

《树墙》之"树墙"是常见而又常被忽略的景物，但何鹤却敏锐地捕捉住了这个题材，并在其笔下翻出新意。以树喻人，感慨良深。该作是对浪费人才、嫉贤妒能现象的有力批判。其气充，其力足，犹"壮士拂剑，浩然弥哀"。

> 携手游园北海滨，疏枝嫩蕾衬行云。
> 聊将情匿桃林里，结个春天赠与君。

《与园园北海漫步》，读头两句，似觉平常；读到转句，渐起波澜；结句一出，石破天惊。先"匿"，次"结"，再"赠与"，极尽层层推进之能事，其句法之讲究与老道，颇类山谷也。"不涉理路，不落言筌"，真真海立云垂耳。何谓"空中之音，相中之色，水中之月，镜中之像"者？此绝是也。

> 凉风细雨下寒林，每见含苞将泪噙。
> 想是前年赏花客，折枝已让杏伤心。

读罢《白城杏花诗会三首》之二，不禁令人想起"妙处难与君说"的古句。欧阳文公曾曰："诗家虽率意，而造语亦难。若意新语工，得前人所未道者，斯为善也。"感此一绝,正是"得前人所未道者"之佳作。咏杏之诗,吾读多也,然造境之新,谋篇之巧,似未见者。何谓"羚羊挂角,无迹可求"?何谓"但见性情,不睹文字"?斯绝复是也。

> 芳邻挥手笑春风,我在花明柳暗中。
> 此去难言身是客,乔迁不过换房东。

这篇《搬家》是一首耐品而很难细说的佳作。先看起句。"芳邻",说明昔日相处甚睦;"挥手",言别情依依;"笑"字,传神而多义:初读似只言"芳邻",细品也含有作者,与后句合而咀之,有似"互文"。"春风",点明时令。而"笑"与"春风"缀合,似别有情味和寓意,需深味之。再看承句。"我"字,与首句的"芳邻"对举,见诗法与句法之功力。颇需玩味的,是"花明柳暗"四字。此由陆放翁句化而出之。不过,他化的似另有隐喻。当年的放翁走出"山重水复"后,到达了"柳暗花明"的新天地,而自己却"乔迁不过换房东",依然"身是客",所以"此去难言"。读此作,着实有"知其妙而不知其所以妙"之感。

现将何鹤另外几首具有创新思维的佳作选录于此。"乘兴寻来到顶峰,茫然回首已成空。想她窃许层峦翠,不肯分心为我红。""篱边何必匿芳魂,且教清香四处闻。自爱无妨共君赏,锋芒留与采花人。""我爱芳魂杏自知,疏条无处系相思。山坡坐待春风起,看你矜持到几时。"限于篇幅,兹不一一列出。

三、意寄哲理妙趣横生

唐诗主情,宋诗主理。愚以为,唐宋诗各有千秋,颇难简言孰优孰劣。总之,诗不可执一而论,"理原不足以碍诗之妙"（清贺裳语）。哲理诗同是中华诗词百花园中无比瑰丽而芬芳的一枝。让我们选读何鹤的几首哲理诗如《榆林往返北京机上》："一声呼啸裂长空，驾雾腾云两翼风。不到乌云头上去，光明怎到我怀中"；"云海茫茫自在行，仙凡两界辨难清。机身抖动缘何事，天路崎岖也不平"；"鹏翼舒张世外身，千山万壑画图真。苍天知我底层久，许我做回人上人"。如《乘地铁有感》："暑往寒来几度春，何堪车马塞红尘。绝知欲畅平生路，还要甘当人下人。"

咀嚼上列诸作，我们不得不叹服诗人的发现能力、提炼能力和想象能力。以上每首"警策"之句，均置于末联，且具有"多重义"。此为一切好诗之共性。其义何解？见智见仁。这些哲理诗弃概念于句外，融性情于篇中。哲思与意境相生，理趣共形象同茂。似诙谐而实庄严，似浅淡而有深味。"情动而言形，理发而文见"。一言以蔽之，何鹤诗作走的是中国哲理诗之正道。

四、有篇有句 得意忘言

昔人论词说，有"有句而无篇"者，有"有篇而无句"者。予观何鹤之佳作，非但篇句皆备，且妙铸重旨，得意而忘言。现举数例，管窥其作。

> 星光明暗几重深，路载轻寒未可禁。
> 冷冷一弯边塞月，茫茫千里故乡心。
> 飞鸿淡影几时现，老树新枝何处寻。
> 山也萧疏云也瘦，村头归步正沉沉。

《闻老母患病返乡》写诗人知母患病回家路上的忐忑心情。首联，"星光"，点返乡时间，为夜晚；"明暗"，既写星象，又喻此时忽上忽下之不安情愫，见诗笔之细腻深婉。

"几重深",可谓言约而蕴丰,既为缘前设问,又状心绪之繁复纷纭,且可引领"下文",其用多也。"轻寒",点时令,说明是初秋。颔联,无疑是本作之"诗眼",不仅对仗工稳,且情深意切,空茫而厚重,佳句也。颈联是情感的意象深化,看似景语,实则情语。"老树",似喻老母;"新枝",似言重生。尾联首句,颇得唐人句法,其自然天成,有若行云流水,可谓"在泉成珠,着壁成绘",且景寓之情,情融于景,让你分不出,亦辨不清何者为情,何者为景。末句"村头归步正沉沉",其婉曲深致,正与"近乡情更怯,不敢问来人"相类耳。

下面看他的词作《浣溪沙·太和邀月》:

往事如烟隔九重,高墙犹是旧时红。太和殿外正秋风。万卷宏图随梦尽,一轮明月未尘封。今宵依旧照深宫。

何鹤作品,以现实题材为主,但历史题材同样写得别有情味。品《浣溪沙》一阕,觉意境幽邈,声律清婉,诚为以声求气之佳作。"太和殿"句,意寄"秋风",味外有味;而"今宵"一句,则思驰"深宫",笔中有笔。感此二句,情深于中,韵溢于外,灵动秀逸,尤见深致。

古道山魂铺就,青砖历史烧成。凌云蓟北舞龙腾,盘在黄崖极顶。台角埋藏烽火,楼头悬挂松声。金戈铁马总无凭,都作烟花梦境。

这首《西江月·黄崖关看长城》则雄浑中有疏野，高古中有清奇，"直而能曲，浅而能深"，抑扬开阖，各极其妙。重头十二字，既属对工整，又语出新奇，与开篇二句，虽所咏相类，却韵味各异，绝无饾饤之感。结穴两句，也颇可寻味。

五、精于炼字着手成春

"'红杏枝头春意闹'，著一'闹'字而境界全出；'云破月来花弄影'，著一'弄'字而境界全出矣。"这是王国维在《人间词话》中的一则论述，旨在阐明"炼字"的重要性。古人"吟安一个字，拈断数茎须"的故事实在是举不胜举。我们看何鹤是怎样"炼字"的——"一树黄昏沾鸟语，几丝垂柳钓蛙声。""鸟语"何能"沾"？"蛙声"如何"钓"？似觉荒唐而无理，但结合语境咀嚼，便觉这一个"沾"字，一个"钓"字，不但形象，有味，且其妙无比。此者，真乃"难说处一语而尽"也；"新荷浅映蝉声里，玉露低悬鸟语中。"空灵、清新、自然、神逸，似均不足以道尽其绝妙。一"映"，一"悬"，本已极佳，而在"映"前又下一"浅"字，"悬"前又下一"低"字，真是"境界全出矣"；"西风梦吻芦花茂，小鸟声涂稻穗黄。脚下流云摇碧水，岸边蒲草试残妆。"读此四句，忽然让我想起了李太白的诗句："小时不识月，呼作白玉盘。又疑瑶台镜，飞在青云端。"这一"吻"，一"涂"，一"摇"，一"试"，字字见神韵，也让句句出自然，使"秋塘"别有情味，仿佛一位纯美女子，舍粉黛而取淡妆，远喧嚣而近清幽。以诗语而论，后三句虽佳，然尚可言传，而"西风"一句，却神思难状，惟可意会。李贽曾言，诗人若失却童心，"言虽工，于我何与？"又言："天下之至文，未有不出于童心焉。"有童心，才能发现美；有童心，才能抒写美；有童心，才能创造美。我想，这正是何鹤诗词打动人的地方，也是一切好作品共有之品格。

再看他的一些单句。"十里莺声缠柳条。""缠"字，何其形象、生动而传神，且有趣味。不著"缠"字，似无别字。"深夜闲翻北斗星。"夜读闲书，却言"闲翻北斗"，下此"翻"字，无理却通，给人以无限想象。"漫观风舐草芽绿。""舐"字入诗，在古代似不多见，置于此句，俗中见雅，具别趣，有余味。"塔影偏从云外深。""深"字，本形容词也，下于句尾，动感自生。见高古，见空茫。"新秋挤进小山庄。""挤"字绝妙。初秋时节，暑热尚余，清气初动，复为山中小村，曰"挤"，可谓神来之笔，其韵自远。

六、忧国忧民位卑情高

中华诗人，从来就有兼济天下的志向和忧国忧民的情怀。从屈原的"长太息以掩涕兮，哀民生之多艰"，到杜甫的"致君尧舜上，再使风俗淳"，从陆游的"僵卧孤村不自哀，尚思为国戍轮台"，数千年来，这些有识之士，为我们留下无数兴寄时政的不朽名篇。何鹤出生于吉林农安，家中世代务农，近年才到京供职。作为一个"北漂"诗人，虽身世寒微，但其志其情，可谓一脉相承。

尘土飞扬旱到云，禾苗心事两堪焚。
可怜人定胜天笔，终向田间写祭文。

《回乡见百年不遇旱象》写作者回乡所见。"旱到云"，乃可"尘土飞扬"。味其"行文"，再得唐法。就起句而言，应属逆笔。承句，"心事"之"堪焚"，缘自"禾苗"之枯槁，而著一"两"字，情境双生矣。本篇"警策"，当在末联。

其感慨者深，其蕴涵者广，真乃"言有尽而意无穷"。再来看《长假逛街》：

  老槐树下小姑娘，推辆轮车卖豆浆。
  自古底层无假日，为谋温饱正凄惶。

  诗词有以情胜者，有以意胜者，有以境胜者，有以辞胜者，而此诗，则以"忧济在元元"的情怀而胜之。作者身为"草根"，自己生活得并不宽裕，却心忧"卖豆浆"的"小姑娘"。其悲悯柔肠，令人想起杜子美的《又呈吴郎》。

  柳渐萧疏菊正黄，可怜焦土衬斜阳。
  时人断壁残垣下，搔首弄姿留影忙。

  《圆明园》是诗人在圆明园中的所见所感。面对这个被英法联军已经焚毁一百五十余年的残园，作者的悲愤痛楚一定是撕肝裂胆的。但他没有走简单抒写怒慨的"旧经"，并且让自己的情绪有所节制。可谓"此时无声胜有声"。但从"焦土""斜阳"等意象中，我们不难感觉到他心潮的涌动、奔突。在这个昔日被誉为"万园之园"，而今满目"断壁残垣"的砾土上，"时人"已忘却国耻，正"搔首弄姿留影忙"。这才是诗人之最痛。其"味外之旨、韵外之至、象外之象"，深得怀古诗之神髓。

  综观何鹤诗词的艺术倾向，他走的是一条现实主义的道路，但有些作品也不乏浪漫主义色彩。他注重意境的营造，抒发心底真情，追求神韵和余味，崇尚清新自然的诗风，且具有大胆创新的精神和忧国忧民的情怀。他的语言风格，或许是由于遍读名家的缘故,呈现出多姿多彩的面貌——似有孟浩然的闲淡;王维的清远;秦观的婉秀;姜夔的典雅;李清照的蕴藉;杨万里的鲜活;偶尔亦有点李白的雄奇与杜甫的沉郁。在今后的创作中,如果何鹤能够转益多师,在充分汲取、吸收前人艺术养分的基础上,逐渐形成自己鲜明而独特的诗词面貌,那么,相信他的作品会更上层楼。

摘自《沈祖芬诗词理论研究》
康丕耀[包头市文联作家、辞赋专家]

目　录

总　序 ································ 郑欣淼　1
半城楼影裁诗卷　十里莺声缠柳条 ·············· 康丕耀　1

五　绝

秋　景 ··· 3
清虚山纪行 ······································· 3
别 ··· 3
北京行至山东曲阜 ································· 4
黄兴事迹陈列馆 ··································· 4
开封黄河 ··· 4
丙申年末上班路上 ································· 5

五　律

回乡过年感赋 ····································· 9
青虚山之夜 ······································· 9
四下扬州途中 ····································· 9
重游橘子洲看湘江 ································ 10
思　乡 ·· 10

七　绝

垂　钓 ·· 13
在白城待杏花 ···································· 13

树　　墙 ··· 13
村头偶感 ··· 14
家乡即景 ··· 14
北海漫步有感 ··· 14
上班路上 ··· 15
海滩看潮 ··· 15
七夕有感 ··· 15
回乡见百年不遇旱象 ··· 16
登香山不见红叶有感 ··· 16
乘地铁有感 ··· 16
过毛遂墓不得进拜感赋 ·· 17
参观孟尝君墓 ·· 17
登泰山 ·· 17
寄语二月二 ··· 18
北京运河桥上伫望 ··· 18
京郊述写 ··· 18
飞赴榆林途中作 ·· 19
榆林飞返北京 ·· 19
游情侣峰 ··· 19
搬　　家 ··· 20
李书贵携妻看鹅 ·· 20
吴晗故居 ··· 20
瓜洲古渡 ··· 21
出河店古战场题完颜阿骨打像 ·································· 21
读杜甫《茅屋为秋风所破歌》 ·································· 21
巴桂行吟 ··· 22

边　　境 …………………………………………… 22

防城港观海 ………………………………………… 22

虎头山 ……………………………………………… 23

北戴河之夜 ………………………………………… 23

北戴河漫步 ………………………………………… 23

山海关 ……………………………………………… 24

北京衢州机上 ……………………………………… 24

看飞人穿越一线天 ………………………………… 24

观江郎山 …………………………………………… 25

苗寨门前 …………………………………………… 25

贵州兴仁农村看戏 ………………………………… 25

黄果树瀑布 ………………………………………… 26

蒲松龄 ……………………………………………… 26

放鹤亭咏鹤 ………………………………………… 26

北京至长春机上观云 ……………………………… 27

回首蟒山 …………………………………………… 27

海滩漫步 …………………………………………… 27

篝火晚会 …………………………………………… 28

开封印象 …………………………………………… 28

清明上河园游记 …………………………………… 28

题　　照 …………………………………………… 29

午夜赏雪 …………………………………………… 29

参观北海九龙壁 …………………………………… 29

无底洞 ……………………………………………… 30

七夕后一日 ………………………………………… 30

镇江中央公园 ……………………………………… 30

茅山新四军纪念碑……31
丙申冬初登岳阳楼……31
丙申年末下班路上……31
丁酉初六老友小聚……32
赏花有记……32
郊游观喜鹊窝有感……32
通州八里桥观柳……33
夫人看桃花照……33
世象戏解……33
闻曾经的小区拆迁有作……34
村头小桥……34
蝉……34
感恩敌人……35
丁酉初秋随感……35
老婆七夕有诗……35
七夕后日记……36
公交车上……36
东单观花草雕塑……36
大运河排污暗口……37
苇　塘……37
明孝陵……37
中山陵……38
镇江心湖公园摩天轮……38
定慧寺偶感……38
观鹊巢……39
老侄女赴斐济有赠……39

树　影 …………………………………………… 39
定慧公园漫步 ………………………………… 40
莲花山欲登未遂 ……………………………… 40
赴达州机上偶成 ……………………………… 40
达州赴京因雨备降天津 ……………………… 41
古田会址 ……………………………………… 41
盆景树 ………………………………………… 41
公园午见保姆成群抱娃 ……………………… 42
回眸东海 ……………………………………… 42
与太玲对话 …………………………………… 42

七　律

春到黄龙府 …………………………………… 45
与韩晓光孙艳平潘太玲赏荷 ………………… 45
即将赴京有感 ………………………………… 45
赏　荷 ………………………………………… 46
赴京前感赋 …………………………………… 46
参观大运河石雕 ……………………………… 46
编辑部偶感 …………………………………… 47
来京周年有作 ………………………………… 47
都门记事 ……………………………………… 47
初到学会上班 ………………………………… 48
上班路上有感 ………………………………… 48
故　宫 ………………………………………… 48
来京作编辑感怀 ……………………………… 49
写在牛前 ……………………………………… 49
小住南戴河 …………………………………… 49

路边某菜摊	50
下班路上寄秋	50
苏　州	50
闻老母患病返乡	51
吴江行吟	51
山海关	51
大龙湫	52
春节老家赏雪	52
重温雷锋事迹有感	52
雷　锋	53
杜甫新咏	53
五年际致《榆林诗刊》并李涛主编	53
杏花村新咏	54
杜甫草堂新咏	54
赴桂林机上	54
陈永贵墓	55
末日感怀	55
五年寄语	55
秋日潼关纪游	56
马年二月二	56
初登鹳雀楼有记	56
伊犁林则徐纪念馆	57
夜宿海王子酒店	57
卢沟桥	57
聂　耳	58
冼星海	58

桓台马踏湖	58
纳兰性德故居	59
出席央视"诗行天下"开播仪式	59
鹳雀楼杯大赛获第一名未出席领奖	59
三咏鹳雀楼	60
黄鹤楼春咏	60
观青田石雕忆旧事	60
赏青田石雕夜读图	61
观青田石雕印刻有题	61
甲午暮秋初登北固楼	61
北京赴海口机上	62
春分日回杨庄偶感	62
羊年二月二	62
清　夜	63
杨靖宇像	63
海　棠	63
乙未春日天安门前感怀	64
机上观秦岭	64
乙未初春咏鹳雀楼	64
那　夜	65
郑板桥	65
长假偶题	65
八年有记	66
席间闻酒品即人品有作	66
无题或有题	66
春日通州	67

郑板桥 ·· 67
黄　昏 ·· 67
丙申秋初登黄鹤楼有记 ································ 68
再登黄鹤楼 ·· 68
丙申秋日登南京城墙 ································ 68
暮秋有记 ·· 69
米芾洗砚池 ·· 69
丙申初冬咏三门峡天鹅 ································ 69
岳阳楼 ·· 70
老　妈 ·· 70
北　漂 ·· 70
通州偶感 ·· 71
丁酉夏日寄友人 ······································ 71
密云拜会朱玉铎一行 ································ 71
寻梦松花江畔 ·· 72
广　场 ·· 72
丁酉五月寄友人 ······································ 72
旧书摊儿看毛主席著作画像 ·························· 73
丁酉白帝城怀古 ······································ 73
三峡今昔 ·· 73
夜赏著名书法家商建兴先生大作 ······················ 74
诗中岁月 ·· 74
中共十九大召开 ······································ 74
感　事 ·· 75
履新途中 ·· 75
丁酉岁末归途 ·· 75

蓦然回首	76
旅途回首	76
戊戌春归图	76
通州闲咏	77
灯节后一日	77
观园林树	77
春　夜	78
戊戌二月初二日	78
春到香山	78
天时名苑赏杏	79
河边观捕鱼有记	79
母　亲	79
扫　墓	80
戊戌夏至	80
练　字	80
假　日	81
白发自题	81
忆长安街单车遇险	81
乘高铁赴衢州	82
游大伙房水库	82
萨尔浒	82
赫图阿拉城怀古	83
夜宴楚畹园	83
东海水晶城	83
江苏东海双西湖即景	84
岁末年初	84

风 行

兰亭新咏·· 87
壶口放歌·· 89
灞桥有怀·· 90
云中鹤归来·· 91
  （一）·· 91
  （二）·· 91
青云山放歌·· 92
泛舟明月湖·· 93
遂昌金矿引·· 94

小 令

西江月·自题·· 97
西江月·农家生活·· 97
鹧鸪天·秋塘采风·· 97
西江月·梦里梦外·· 98
西江月·黄崖关看长城·································· 98
鹧鸪天·房东宠物狗···································· 98
鹧鸪天·元旦有寄·· 99
浣溪沙·通州住地闲咏·································· 99
浣溪沙·抚宁中华荷园·································· 99
鹧鸪天·初雪··· 100
鹧鸪天·两年有记······································· 100
鹧鸪天·大运河畔······································· 100
浣溪沙·太和邀月······································· 101
鹧鸪天·夜游后海······································· 101

浣溪沙·小年 …………………………………… 101
鹧鸪天·三年题记 ……………………………… 102
鹧鸪天·金湖万顷荷花 ………………………… 102
鹧鸪天·登圣泉寺 ……………………………… 102
鹧鸪天·怀念雷锋同志 ………………………… 103
浣溪沙·四年感怀 ……………………………… 103
浣溪沙·龙年情人节 …………………………… 103
浣溪沙·寄园园 ………………………………… 104
浣溪沙·景山公园赏牡丹 ……………………… 104
鹧鸪天·兰州黄河 ……………………………… 104
鹧鸪天·嘉峪关 ………………………………… 105
鹧鸪天·蒲松龄故居 …………………………… 105
浣溪沙·临淄石佛堂生态蔬菜园 ……………… 105
鹧鸪天·春到潼关 ……………………………… 106
浣溪沙·桃林古镇醉吟图 ……………………… 106
鹧鸪天·雾霾偶感 ……………………………… 106
浣溪沙·感春 …………………………………… 107
鹧鸪天·也读焦裕禄 …………………………… 107
浣溪沙·夜宿长白山脚下 ……………………… 107
鹧鸪天·儋州东坡书院 ………………………… 108
　（一） ………………………………………… 108
　（二） ………………………………………… 108
鹧鸪天·甲午初冬乘地铁有感 ………………… 108
浣溪沙·春到通州 ……………………………… 109
鹧鸪天·科尔沁草原遇雨 ……………………… 109
清平乐·开封 …………………………………… 109

鹧鸪天·开封西湖……110
清平乐·清明上河园……110
清平乐·秦皇岛领奖……110
清平乐·题著名书画家李景林赠画……111
浣溪沙·河北青虚山游记……111
清平乐·适逢雪后抗日山诗词大赛颁奖会……111
清平乐·扬州瘦西湖……112
浣溪沙·过锦州所见……112
清平乐·听习总书记七一讲话……112
临江仙·回首……113
临江仙·金沙农村一景……113
临江仙·秋日……113
临江仙·秋游南京明城墙记……114
临江仙·镇江农村所见……114
临江仙·丙申冬润扬长江大桥怀古……114
临江仙·再登北固楼……115
鹧鸪天·李林通忆旧……115
临江仙·湘江大桥回望橘子洲……115
临江仙·丙申岁末……116
鹧鸪天·丁酉正月初五……116
清平乐·上班路上赏玉兰……116
临江仙·丁酉回眸……117
浣溪沙·京城大雨……117
浣溪沙·京郊晨曲……117
鹧鸪天·黄昏……118
清平乐·走过长安街……118

临江仙·丁酉秋夜……118
临江仙·归去……119
临江仙·游天安门广场……119
清平乐·题照……119
临江仙·金陵怀古……120
鹧鸪天·江南有怀……120
清平乐·春又归来……120
鹧鸪天·初春……121
鹧鸪天·戊戌初春……121
鹧鸪天·感事……121
清平乐·开江途中……122
临江仙·观牡丹亭……122
采桑子·临江楼……122
相思客·别上杭……123

评 论

《中华诗词》纪实……127
新诗思维对旧体诗词创作的影响……135
哲思与田园诗词创作……143
爱情与田园诗词创作……148
乡愁与田园诗词创作……154
趣味与田园诗词创作……161

五绝

秋 景

风叶经霜冷,村姑汗水流。
挥镰割月色,放倒半山秋。

2005 年 10 月 4 日

清虚山纪行

灵山秋渐老,月色照空林。
闲卧清寒里,泉声滴到心。

2015 年 10 月 25 日

别

回眸犹不舍,不舍又何为?
挥泪依依处,不知谁送谁。

2015 年 11 月 25 日

北京行至山东曲阜

南来风带暖，雪尽麦田新。
两小时光景，从冬走到春。

2016 年 12 月 7 日　过曲阜

黄兴事迹陈列馆

残照依稀在，何堪室已空。
太平无事日，谁又忆英雄。

2016 年 12 月 23 日　于岳麓山

开封黄河

水位频低落，河床见日头。
我虽非砥柱，有幸立中流。

2016 年 12 月 28 日　于开封

丙申年末上班路上

我醒楼还睡,听鸦三两声。
通州编外月,流浪到西城。

2017 年 1 月 12 日

五律

回乡过年感赋

牛背夕阳晚，长吟归步迟。
鞭摇新岁月，柳诉旧相思。
残雪三春景，清风一卷诗。
从头须纵目，好运问天知。

2009 年 2 月 4 日

青虚山之夜

闲吟知句短，诗意复何深。
雪向山前落，路从方外寻。
半生观物趣，百变是人心。
且喜逍遥处，空林即梦林。

2015 年 11 月 9 日

四下扬州途中

一夜三千里，休言客路长。
堆霞天外紫，拾句麦初黄。
毕竟裁云梦，非关到水乡。
心随平野阔，挥笔赋疏狂。

2016 年 5 月 24 日 晨于赴扬州途中

重游橘子洲看湘江

情怡橘子洲,隔日复重游。
知借长江水,能销万古愁。
洗心宜彻底,起步要从头。
抛却鸡虫怨,诗潮向海流。

2016 年 12 月 25 日 于橘子洲头

思 乡

诗人尤可怜,独自倚窗前。
一片玲珑月,千重寂寞天。
心难从此始,梦又为谁圆。
极目星空久,乡愁到枕边。

2017 年 5 月 8 日 晚于北京通州

七绝

垂 钓

十里池塘野草风,夕阳沐浴脸初红。
村姑一角闲垂钓,渴望相思在水中。

2004 年 7 月 17 日

在白城待杏花

我爱芳魂杏自知,疏条无处系相思。
山坡坐待春风起,看你矜持到几时。

2005 年 4 月 28 日

树 墙

知君本是栋梁材,可叹原非当树栽。
置在街前添一景,出头自有剪刀来。

2005 年 6 月 12 日

村头偶感

依稀村路系青山,蝶舞莺飞犹自怜。
环顾当初幽会地,株株小树已参天。

2005 年 7 月 4 日

家乡即景

牛车转过二龙山,鞭打枝头月正圆。
满载春天希望走,夫妻灯下卸丰年。

2005 年 10 月 9 日

北海漫步有感

柳泛鹅黄草色新,晴枝淡染梦如云。
聊将心匿桃林里,结个春天赠与君。

2007 年 4 月 14 日

上班路上

桥西幽径赏花开,香到何时不敢猜。
但愿明年同此日,芳菲深处我还来。

2007 年 6 月 23 日

海滩看潮

仙人岛上丽人行,携手晨风别有情。
爱恨去来休计较,海潮起落看人生。

2007 年 8 月 5 日

七夕有感

桥头月下好温存,蜜语甜言情意真。
君挽他人妻子手,可知妻子挽何人?

2007 年 8 月 20 日

回乡见百年不遇旱象

尘土飞扬旱到云，禾苗心事两堪焚。
可怜人定胜天笔，终向田间写祭文。

2007 年 8 月 23 日

登香山不见红叶有感

乘兴寻伊到顶峰，茫然回首已成空。
想她窃许层峦翠，不肯分心为我红。

2007 年 10 月 21 日

乘地铁有感

浪迹京华几度春，何堪铁甲塞红尘。
绝知欲畅平生路，还要甘当人下人。

2008 年 2 月 20 日

过毛遂墓不得进拜感赋

半亩荒陵碑半残，隔墙拜谒我何安。
怀才高就今非易，尤信当初自荐难。

2008 年 5 月 16 日

参观孟尝君墓

我非食客自由身，敢向人前傲几分。
天性耻于门下路，此来不拜孟尝君。

2008 年 5 月 16 日

登泰山

云烟过处掩皇封，极目苍茫觅旧踪。
望岳登高原可笑，众山小否在心胸。

2008 年 5 月 18 日

寄语二月二

碧空如水洗明眸，柳色鹅黄淡淡柔。
伴有莺声春荡漾，龙抬头日我抬头。

2009 年 2 月 26 日

北京运河桥上伫望

异树奇花绿草坪，楼群塔影向天横。
偷排污口知多少，忍看中流难自清。

2009 年 3 月 29 日

京郊述写

雁点青天花正黄，新秋挤进小山庄。
一肩背篓农家女，巧手枝头摘太阳。

2009 年 9 月 14 日

飞赴榆林途中作

鹏翼舒张方外身,九霄俯瞰画图真。
苍天知我底层久,许我做回人上人。

2010 年 8 月 22 日 于榆林

榆林飞返北京

一声呼啸向长空,驾雾横天两翼风。
不到乌云头上去,光明怎到我怀中。

2010 年 8 月 26 日

游情侣峰

信手拈来雁荡云,裁它三尺写诗文:
回眸一路花兼月,仰首双峰我与君。

2010 年 9 月 27 日

搬　家

芳邻挥手笑春风，我在花明柳暗中。
此去谁知身是客，乔迁不过换房东。

2011 年 3 月 15 日

李书贵携妻看鹅

老李忽然问老婆，平生我待你如何。
老婆挥手轻轻指，请看堤边那对鹅。

2011 年 3 月 25 日

吴晗故居

小院深深市井中，通天道尽亦途穷。
先生那管凌云笔，毕竟不如龙卷风。

2011 年 3 月 27 日

瓜洲古渡

隔岸长江天欲秋，此来寻胜壮清游。
叹前朝句生荒草，只恨今非在主流。

2011 年 7 月 24 日

出河店古战场题完颜阿骨打像

纵目大荒寻雁声，铁流滚滚向南行。
鞭催三岔河边马，人未离鞍天未明。

2011 年 7 月 27 日

读杜甫《茅屋为秋风所破歌》

茅舍秋风千载忧，一行诗句一行愁。
休因广厦如林慰，多少房奴困里头。

2012 年 3 月 22 日

巴桂行吟

石笋扶摇上九重，云遮翠影淡还浓。
笔端欲作惊人句，心底先陈十万峰。

2012 年 6 月 29 日

边　境

界碑两侧暗陈兵，剑影刀光野草青。
燕子不知边境事，自由来往捕蜻蜓。

2012 年 7 月 1 日

防城港观海

滩头伫望路迢迢，北部湾西正涨潮。
南海风云收眼底，那边何事又喧嚣？

2012 年 7 月 2 日

虎头山

当年往事待重温,小径蜿蜒浮旧痕。
莫道此山无险势,虎头轻转动乾坤。

2012 年 7 月 21 日

北戴河之夜

滩头得句与谁听,我正深思月正明。
莫叹经年诗味淡,今宵加点海潮声。

2012 年 7 月 27 日

北戴河漫步

白浪依稀似故人,茫茫天海两难分。
湿身君亦回眸笑,半为涛声半为云。

2012 年 7 月 28 日

山海关

乘风箭步上层楼,一览云天兴未休。
人到雄关思望海,诗心飞向老龙头。

2012 年 7 月 29 日

北京衢州机上

从容敛翅落衢州,电掣风驰势未休。
格调休从高处论,从天降亦不低头。

2013 年 9 月 26 日

看飞人穿越一线天

江郎秀色趁风烟,大幕徐开天地间。
毕竟飞人小角色,原来主演是青山。

2013 年 9 月 29 日

观江郎山

妙笔终归大自然，轻描淡写即成篇。
铺陈手段凭云雾，抹去标题一线天。

2013 年 9 月 29 日

苗寨门前

牛角弯弯双手擎，殷勤敬酒劝声声。
姑娘尤爱风流仔，缠住诗人杨逸明。

2013 年 10 月 16 日

贵州兴仁农村看戏

风情别样笑翻天，趣在方言俚语间。
看戏原来乡下好，舞台背景用青山。

2013 年 10 月 16 日

黄果树瀑布

压顶势来云脚低，银河决口信难疑。
通天正本清源在，涤荡浊流应有期。

2013 年 10 月 17 日

蒲松龄

一堆书稿覆尘埃，梦里当年难释怀。
莫道功名千古事，真能传世是聊斋。

2013 年 11 月 3 日

放鹤亭咏鹤

久寄樊篱梦未遥，聊凭片水仰云高。
从容敛翅听风雨，只为冲天惜羽毛。

2013 年 11 月 30 日

北京至长春机上观云

来无踪影去无痕,谁解轻盈多变身。
知否行天常蔽日,总将阴暗与他人。

2014 年 8 月 27 日

回首蟒山

几度回眸望此山,忽为枝头艳色怜。
绝知明日西风紧,看你还能红几天。

2014 年 10 月 27 日

海滩漫步

茫茫天海望遥遥,风卷秋声月正高。
蓦地思君潮滚滚,发条微信共听涛。

2014 年 11 月 15 日

篝火晚会

牵手星光舞步飞，春风拥抱野玫瑰。
笑声挽起新秋夜，诗兴点燃篝火堆。

2015 年 8 月 19 日

开封印象

初到中原觅古城，八朝烟雨了无凭。
黄河悬在人头上，历史深埋三四层。

2015 年 9 月 16 日

清明上河园游记

图上清明千载遥，依然汴水彩虹桥。
时空此处能穿越，一不留神到宋朝。

2015 年 9 月 18 日

题 照

疏影横斜初月弯,回眸看醒梦中天。
眉头多少相思债,一缕春风垂到肩。

        2015 年 10 月 12 日

午夜赏雪

夜韵无边谁问津,连云玉影一层新。
两行脚印深还浅,幽梦正逢寻梦人。

        2015 年 11 月 24 日

参观北海九龙壁

王气从来变数多,吞云吐雾又如何。
宏图休向琉璃看,龙嘴已成麻雀窝。

        2016 年 6 月 19 日

无底洞

裂缝从来不可修，保持间距赏清幽。
原知此洞深无底，莫起填她的念头。

2016 年 8 月 3 日 于贵州绥阳双河地裂大风洞

七夕后一日

长夜难眠天未明，何堪聚散忆曾经。
从今只剩些诗句，读与一弯新月听。

2016 年 8 月 12 日 于东岳书院

镇江中央公园

云影湖光一抹霞，摩天轮下可安家。
诗人所梦皆春色，好在江南还有花。

2016 年 12 月 9 日 于镇江

茅山新四军纪念碑

当年战火并硝烟,碑畔无花带暮寒。
悲壮号声犹在耳,如今只是报平安。

2016 年 12 月 11 日 于句容

丙申冬初登岳阳楼

望断洞庭帆影新,回眸庆历四年春。
不知滚滚红尘里,谁是先忧后乐人。

2016 年 12 月 27 日 于岳阳楼上

丙申年末下班路上

游子京华西复东,穿街过巷影匆匆。
一轮明月家何处,挤进楼群夹缝中。

2017 年 1 月 11 日 于北京通州

丁酉初六老友小聚

不堪华发鬓边生，回首一弯新月明。
往事已然成故事，友情经久作亲情。

2017年2月2日 于农安

赏花有记

初蕾原非昨日身，只经一夜梦翻新。
总然春色千般好，艳遇何曾等过人？

2017年3月12日 于北京通州天时名苑

郊游观喜鹊窝有感

京华十载怯风流，频换房东春复秋。
羡鹊将家高筑在，远离拥挤的枝头。

2017年3月12日 于通州

通州八里桥观柳

风醒枝头发了芽,一帘幽梦淡如纱。
异乡莫作销魂句,绿遍通州不是家。

2017 年 3 月 18 日 于通州

夫人看桃花照

枝头艳色带回家,还有风中那片霞。
别把春天当借口,文人个个犯桃花。

2017 年 4 月 1 日 于通州

世象戏解

休言善恶渐难分,脚本从来假亦真。
剥去伪装观仔细,大家都是剧中人。

2017 年 5 月 15 日 于北京通州

闻曾经的小区拆迁有作

星月纡回小路弯,共君款款走当年。
何堪旧梦三千里,物纵拆迁情未迁。

2017 年 7 月 6 日 于北京通州

村头小桥

小河撑梦向东歪,喜鹊横枝天地开。
一缕秋波风荡漾,彩虹弯到水中来。

2017 年 7 月 18 日 于北京

蝉

谁解枝头断续声,前尘后世总关情。
光阴苦短争朝暮,要向人间高处鸣。

2017 年 7 月 31 日 于北京通州

感恩敌人

世事如能放眼量,置身风雨又何妨。
成功秘密君知否,多半归于对手强。

2017 年 8 月 17 日 于北京

丁酉初秋随感

漫道人生破解难,直来直去即心安。
自信本性通原始,情到深时归简单。

2017 年 8 月 19 日 于公交车上

老婆七夕有诗

青丝渐渐染霜花,时刻提防守个家。
扰我边疆猫与狗,还应扎紧老篱笆。

2017 年 8 月 28 日 于北京

七夕后日记

情人节后品新秋，凉意徐来云渐收。
日子还须平淡过，三餐哪个靠风流。

2017 年 8 月 29 日 于上班路上

公交车上

都门十载走西东，往返悠然当采风。
灵感犹如婚外育，小诗产在旅途中。

2017 年 8 月 30 日 于下班路上

东单观花草雕塑

梦里风光闹市间，长安街上好悠闲。
太平无事思危否，花草堆成山海关。

2017 年 9 月 26 日

大运河排污暗口

污口由来温度高,残羹泛起作春潮。
鱼虾排队争将去,多像成群的北漂。

2017 年 11 月 7 日 于通州

苇 塘

老去情怀一望中,塘边诗意不堪浓。
纵然那片春心在,能入芦花第几重?

2017 年 11 月 20 日 于通州

明孝陵

幽幽神道近灵霄,伟业齐天归寂寥。
石像成排依旧在,可怜不是大明朝。

2017 年 11 月 26 日 于南京

中山陵

莫道前朝遗恨深,为公天下总归心。
三民主义虽遥远,犹向中山陵上寻。

2017 年 11 月 26 日 于南京中山陵

镇江心湖公园摩天轮

倒影湖心天地开,仰观高位近瑶台。
绝知风水轮流转,不信谁能不下来。

2017 年 11 月 29 日 于镇江

定慧寺偶感

心态能平境界开,手忙脚乱是庸才。
人生要上真层次,节奏还须慢下来。

2018 年 1 月 22 日 于北京

观鹊巢

无关春色淡还浓，鸦鹊择枝穿碧空。
何故安家杨树上，早知弱柳不禁风。

2018 年 3 月 10 日 于北京

老侄女赴斐济有赠

关东无处不春光，鹏翼横空辞故乡。
从此亲情能万里，随时穿越太平洋。

2018 年 3 月 12 日 于下班路上

树　影

小园春梦总难删，枝影横斜席地眠。
不费丹青施妙笔，得来画稿本天然。

2018 年 3 月 15 日 于定慧公园

定慧公园漫步

曲径通幽独自量,柳丝垂入紫丁香。
置身春色撩人处,放纵诗心上海棠。

2018 年 4 月 8 日 于北京

莲花山欲登未遂

心摩云影近天涯,山脚寻幽寺作家。
此处清凉宜住步,凡人岂可踏莲花。

2018 年 5 月 12 日 于山东新泰

赴达州机上偶成

聊将诗兴壮情怀,五岳三山笔底来。
跃上云头朝下看,人间都是小题材。

2018 年 7 月 1 日 赴四川达州机上

达州赴京因雨备降天津

雷声隐隐雨迷茫，迫降天津待返航。
心态平和观世事，多回起落又何妨。

2018 年 7 月 5 日 于天津机场飞北京

古田会址

风云际会小村庄，星火燎原遍上杭。
且看当年分地处，后人来拜老祠堂。

2018 年 10 月 14 日 于福建上杭

盆景树

侧展斜生数尺高，造型别致挺时髦。
宜诗宜画宜君否，想过要挨多少刀？

2018 年 11 月 12 日 于定慧公园

公园午见保姆成群抱娃

小径弯弯秋正黄,笑声串串柳丝长。
是谁结伴公园里,怀抱春天晒太阳。

2018 年 11 月 12 日 于海淀定慧公园

回眸东海

一路行吟天渐明,无边心海带潮声。
莫愁气脉难通透,从此诗材用水晶。

2018 年 11 月 27 日 于北京

与太玲对话

莫为清词丽句迷,宜从心底辨端倪。
正常休对诗人论,哪个精神没问题。

2018 年 12 月 2 日

七律

春到黄龙府

缓步南山翠掩晴,无边秀色到胡城。
漫观风舔草芽绿,独爱霞依花蕾明。
一树黄昏沾鸟语,几丝垂柳钓蛙声。
牧鹅少女河弯处,坐看春潮旋转行。

2005 年 5 月 30 日

与韩晓光孙艳平潘太玲赏荷

烈日炎炎淋野塘,诗朋画友觅新凉。
怜伊折叶盈头翠,看我挥毫满纸香。
不忍垂钩惊藕梦,何堪消暑借云裳。
扁舟隐向幽深处,绿伞层层撑太阳。

2006 年 9 月 10 日

即将赴京有感

枕梦清宵几许愁,韶华渐去岂能留?
半生落寞堪无奈,十载迷茫乍自由。
好运如风挡不住,春心似马放难收。
山登绝顶须晴日,俯瞰群峰皆是丘。

2006 年 9 月 15 日

赏 荷

朝雾如纱锁碧丛,一塘冷艳正微红。
新荷浅映蝉声里,玉露低悬鸟语中。
蝶觅幽香穿梦境,云沾翠色染天空。
小舟划过千重伞,忽忆桃花扇底风。

2006 年 9 月 17 日

赴京前感赋

等闲白了少年头,小技雕虫春复秋。
满架诗书呆子气,一襟霜雪月儿愁。
前途望断人空老,陋室贫来志未休。
遥想京师花烂漫,丛中待我数风流。

2007 年 2 月 6 日

参观大运河石雕

大运河东望碧天,遥思霸主舞长鞭。
堤高垂柳随杨姓,水远征帆由梦牵。
俯首悠悠三百步,回眸浩浩两千年。
龙舟再渡通州日,波自清来月自圆。

2007 年 7 月 22 日

编辑部偶感

不惑之年弄小词，酸甜苦辣费心思。
枕边推醒无涯梦，篱下编成一卷诗。
低调做人非我弱，高标问路有谁知？
长天作纸三分画，乘兴挥毫纵马驰。

2007 年 8 月 11 日

来京周年有作

只身索骥按图行，码字功夫寂寞成。
往事依稀家万里，秋风萧瑟月三更。
翩翩笔走龙蛇舞，隐隐心忧鹬蚌争。
红绿灯间回首处，街边老柳带春声。

2007 年 10 月 23 日

都门记事

书生无赖等闲身，难忘京都那日春。
牵手湖边寻好句，裁云山顶赠伊人。
楼高月小星河浅，雨细风柔蝶梦新。
题破诗笺回首处，桃花朵朵艳红尘。

2007 年 11 月 27 日

初到学会上班

窗前挥手彩云高,纵目新晴一望遥。
槐老皈依白塔寺,车流淹没太平桥。
半城楼影裁诗卷,十里莺声缠柳条。
毕竟重山挡不住,春潮滚滚共心潮。

2008 年 2 月 13 日

上班路上有感

细雨遥闻春到家,昨宵私自下天涯。
运河背上层层雾,垂柳肩头淡淡纱。
数里禅音白塔寺,此时心境玉兰花。
绝知前面风光好,信手拈来一片霞。

2008 年 3 月 19 日

故 宫

雨后斜阳浴古城,红墙残梦尚堪惊。
金銮殿上恩兼怨,圣旨案头昏即明。
载覆轮回原有数,是非颠倒总无情。
枯枝老柏庭前立,落叶悠然不作声。

2008 年 3 月 27 日

来京作编辑感怀

原本浮生空自忙,为人作嫁又何妨。
潜心审稿平兼仄,即兴赋诗疏且狂。
常恨通州无寸土,遥观北斗寄他乡。
层楼挥手撩云处,寻觅当年明月光。

2008 年 7 月 19 日

写在牛前

何须放眼上层楼,陋室逍遥闲写牛。
屏外花花新世界,梦中款款旧春秋。
经沉浮后归平淡,忘宠辱时方自由。
料峭寒风虽刺骨,青青柳色已温柔。

2009 年 1 月 22 日

小住南戴河

为客天涯逐梦行,此时感慨与谁倾。
窗摇竹影添诗意,风卷星光挟海声。
怀弄潮心须踏浪,有凌云志自兼程。
渔歌渐伴朝阳起,一片汪洋彼岸明。

2009 年 7 月 22 日

路边某菜摊

蓬头垢面眼迷茫，门板横铺四尺长。
几度春秋胡同口，一家生计豆芽筐。
殷殷思母云千里，默默归心雁两行。
叫醒朝阳过日子，满城灯火是他乡。

2009 年 10 月 4 日

下班路上寄秋

都门数载竟迷茫，误把他乡作故乡。
一片丹枫携日暖，千层广厦补天荒。
心头忽起三春色，窗外横流明月光。
过尽繁华百余里，通州容我九平方。

2009 年 10 月 13 日

苏 州

水道纵横通旧年，粉墙黛瓦印霜天。
桂花淡淡香亭角，竹影悠悠到月肩。
一叶梧桐带秋落，满城灯火枕波眠。
那人独立桥头上，不为钟声不为船。

2009 年 10 月 20 日

闻老母患病返乡

星光明暗几重深,路载轻寒未可禁。
冷冷一弯边塞月,茫茫千里故乡心。
飞鸿劲羽随时展,老树新枝何处寻。
山也萧疏云也瘦,村头归步正沉沉。

2009 年 10 月 29 日

吴江行吟

江边塔影任浮沉,堤上风情何处寻。
大运河分太湖水,垂虹桥断故人心。
经声每向堂前老,禅境宜从云外深。
曲径回环闻过雁,桂花香里品清音。

2009 年 11 月 06 日

山海关

铁马城楼拂海音,狼烟鼙鼓费搜寻。
秦砖尘暗苔痕冷,胡雁声悲暮色深。
风雨一朝皆梦幻,山河万里任浮沉。
蓦然回首苍茫处,那老龙头知我心。

2010 年 4 月 29 日

大龙湫

亭下忘归雁荡横，知秋细雨抚峥嵘。
回眸云脚连山脚，侧耳泉声和鸟声。
雾锁群峰残壁老，天来一瀑此心清。
当头月色秦时句，夜罩龙湫迷眼睛。

2010 年 9 月 27 日

春节老家赏雪

晴空走笔敞清怀，宣纸横铺天地开。
山后修林皴墨影，檐前麻雀点苍苔。
春心无处可封闭，好梦何时会醒来。
一曲童谣小村口，丰年图画又新裁。

2011 年 2 月 2 日

重温雷锋事迹有感

当年影像久弥珍，故事依稀未染尘。
三月题词雷贯耳，几篇日记语惊人。
精神岂可全抛却，传统还须重问津。
且看汶川兼玉树，中华大爱又翻新。

2011 年 12 月 2 日

雷 锋

休言别样写青春，时过境迁谁问津？
七字题词犹在耳，几篇日记已封尘。
惯听枉法徇私事，恨少先忧后乐人。
倘使危机关社稷，世风不可不更新。

2011 年 12 月 2 日

杜甫新咏

泪眼李唐王气收，斜阳已入大江流。
石壕吏捕三更月，茅舍人随一叶舟。
肉尽朱门能不腐？国多寒士总堪忧。
叹它广厦如林日，却为高楼天价愁。

2012 年 2 月 7 日

五年际致《榆林诗刊》并李涛主编

秦腔甩处绕梁声，此曲堪听波未平。
夜雨桃花携冷艳，春风词笔趁新晴。
已掀入海高潮起，正作惊人一鹤鸣。
禹甸清华谁占尽？燕山仰首望驼城。

2012 年 2 月 21 日

杏花村新咏

细雨纷纷正可听，梦摇春色到麻城。
几丝垂柳长堤软，一叶扁舟古渡横。
从此诗倾牧童句，由来村爱杏花名。
休言巷子深无底，那缕酒香牵我行。

2012 年 3 月 11 日

杜甫草堂新咏

聊从蕉影辨晴阴，圣迹浣花溪畔寻。
架上藤条墙外紫，堂前春色雨中深。
黄鹂闲诵惊人句，红日高悬济世心。
泉下先生应笑慰，如今广厦已成林。

2012 年 3 月 11 日

赴桂林机上

荡桨银河万里宽，一时兴起试渔竿。
钓轮新月增诗色，抓把流星佐晚餐。
放眼长天无限阔，置身仙境几分寒。
任它高处休夸好，着陆虽低心可安。

2012 年 6 月 26 日

陈永贵墓

雕像巍然雨洗尘，当年风采四时春。
碑前松影千针翠，阶角屐痕一片新。
莫道重生皆梦幻，应知不死是精神。
他年诸事烟云散，史写虎头山上人。

2012 年 7 月 21 日

末日感怀

放眼西楼第九层，燕山鸦噪覆流莺。
人间末日从容过，腕底新毫婉转行。
处变还须存静气，居安何必要浮名。
得来妙句知风雨，五载回眸百感生。

2012 年 12 月 22 日

五年寄语

经年作嫁不辞频，苦辣酸甜休问津。
纸选毛边临古帖，曲填金缕入红尘。
任由窗外风云变，岂碍胸中境界新。
一统小楼唯好静，喧嚣声里做闲人。

2013 年 5 月 24 日

秋日潼关纪游

铁马雄关立大荒，当年雁影入斜阳。
气吞河岳风云阔，血染乾坤画卷长。
天道轮回惟顺逆，民心向背即兴亡。
闲情最是堤边柳，摇曳秦时明月光。

2013 年 11 月 19 日

马年二月二

雨后京华宜纵眸，惠风款款上层楼。
诗中岁月平兼仄，笔底烟云放且收。
策马谁能停住脚，非龙我也要抬头。
期圆国梦春天里，曙色初开照九州。

2014 年 3 月 2 日

初登鹳雀楼有记

名楼久仰始登攀，鹳雀无踪寻旧篇。
九曲波涛横万里，几行诗句立千年。
心高应览群山小，路窄须争一步先。
绝顶风光堪纵目，襟怀国梦到云天。

2014 年 3 月 10 日

伊犁林则徐纪念馆

忍辱曾经南北疆,天涯孤旅又何妨。
胡杨立处黄沙老,塞雁归时白发长。
千里江山空浩瀚,百年风雨付苍茫。
烟云过眼今回首,犹剩先生诗一行。

2014 年 4 月 21 日

夜宿海王子酒店

独立苍茫八面风,悠悠渔火夜朦胧。
微尘辗转云天外,往事依稀雷雨中。
非我甘当居后者,问谁知避弄潮功。
凭栏远眺海王子,妙句吟来旭日红。

2014 年 5 月 23 日

卢沟桥

长河逝水不堪听,独立斜阳忆宛平。
虹影一弯摹画卷,辙痕千载走雷声。
难从烽火连天起,来认卢沟晓月明。
欣喜醒狮昂首日,再无鬼子敢横行。

2014 年 7 月 2 日

聂 耳

寂寞山花碑畔香，当时冷眼看东洋。
可怜血肉横高塚，依旧长城立大荒。
奴隶图存争奋起，音符激越救危亡。
此生莫叹何其短，一曲悲歌传四方。

2014 年 8 月 1 日

冼星海

一生辗转复何求，剑胆琴心为自由。
塞雁归来宜展翅，睡狮初醒正抬头。
巍巍塔影风中立，滚滚涛声指上流。
九曲黄河千万里，奔腾入海势难休。

2014 年 8 月 1 日

桓台马踏湖

久居闹市忘春秋，欲纳清凉宜下楼。
弱柳垂堤丝款款，小桥卧水韵悠悠。
心逢平处先归岸，兴到高时好放舟。
钓鲤摸虾童趣在，诗人过眼即风流。

2014 年 8 月 6 日 于山东淄博

纳兰性德故居

纵马横刀几度春,红笺小字案头新。
每曾行走金銮殿,岂是等闲公子身。
作断肠诗风月老,饮花间酒性情真。
敢从宋后夸词笔,吟苑留名只一人。

2014 年 8 月 27 日

出席央视"诗行天下"开播仪式

东风款款柳轻扬,慢镜头中画一张。
连日坊间春意好,今朝墙外杏花香。
天终不负痴吟客,诗又重登大雅堂。
逸兴思飞江海阔,云笺泼彩亦无妨。

2014 年 9 月 4 日

鹳雀楼杯大赛获第一名未出席领奖

日朗风清一脉秋,滔滔九曲大河流。
题诗遥对王官谷,折桂思登鹳雀楼。
云雨自来还自去,春心宜放不宜收。
想他运际明年好,犹待山花烂漫游。

2014 年 9 月 11 日

三咏鹳雀楼

往事如烟谁奈何，小诗依旧自巍峨。
千秋名句翻新卷，万顷狂涛怜逝波。
居后常忧发力早，凭高不屑野云多。
曾经风雨邻红日，极目长天好放歌。

2014 年 9 月 11 日

黄鹤楼春咏

浩荡长风扫雾霾，一轮明月立高台。
沉吟槛外须滕酒，啸傲楼头唯楚才。
笔底烟云黄鹤去，胸中诗句大江来。
春潮滚滚三千里，国梦归心天地开。

2014 年 9 月 13 日

观青田石雕忆旧事

须臾石上起风烟，凿玉工夫岂等闲。
孤傲菊花秋以后，横斜梅影雪之间。
惜多年梦无从寄，幸此扇门犹未关。
始信雕虫非小技，一轮明月倚青山。

2014 年 9 月 24 日

赏青田石雕夜读图

恣意横刀刻破天，茅庐简陋御清寒。
半筐旧炭炉中尽，几卷长诗月下餐。
雪落梅低归寂寞，风高夜冷写辛酸。
闲翻草稿凭挥洒，老鹤一声来笔端。

2014 年 9 月 26 日

观青田石雕印刻有题

心系蕉光竹影间，风行腕底起苍烟。
开山切玉何须问，伏案操刀不可偏。
每幸秋高能共月，常忧石破会惊天。
置身画意诗情里，方寸之中看大千。

2014 年 10 月 14 日

甲午暮秋初登北固楼

吴楚东南胜境开，兴亡多少覆尘埃。
但余千载招亲寺，不见当年点将台。
三面涛声从古至，六朝烟雨自天来。
大江挟势遥听海，淘尽英雄何壮哉。

2014 年 11 月 7 日 于镇江

北京赴海口机上

万里回眸弹指间,置身空阔览晴烟。
凡心淡处浮尘静,慧眼量时初日圆。
在旅途人云作路,乘追风马翼横天。
群山俯首铺长卷,诗兴潮来又一篇。

2014 年 11 月 14 日

春分日回杨庄偶感

杏花满眼到诗行,此日休言短与长。
听鸟语穿明暗柳,驾春风入小平房。
沉沉寒夜增中减,淡淡清茶苦后香。
那点浮云何所惧,案头依旧浣朝阳。

2015 年 3 月 21 日

羊年二月二

层楼叠起入云林,诗兴忽来难自禁。
蝶舞玉兰花淡淡,春归昨夜雨深深。
几行妙句连成梦,一缕清风爽到心。
且看朝阳河两岸,龙抬头日作龙吟。

2015 年 3 月 21 日

清 夜

诗海无涯逐浪吟，久经风雨未消沉。
看潮涨落凭谁弄，任桨横斜难自禁。
隐隐一弯秦月梦，茫茫千里故乡心。
鬓边白发依稀在，过往青春何处寻。

2015 年 3 月 25 日

杨靖宇像

怒目圆睁眉宇横，白山黑水了无声。
回眸林海松涛起，入耳金戈铁马鸣。
国耻难医凭志士，人心所向即长城。
八年抗战雄风在，守土今宜仗剑行。

2015 年 4 月 1 日

海 棠

层云烂漫舞参差，烛影红妆正艳时。
昨夜几回新雨露，明霞一抹淡胭脂。
梦成春半醒还早，香压枝头折未迟。
就简删繁修画稿，最难除却是相思。

2015 年 4 月 8 日

乙未春日天安门前感怀

桥通金水五湖连,旗舞城楼三月天。
大会堂前春染色,长安街上柳如烟。
中兴国运携云起,一展宏图待梦圆。
且看醒狮昂首日,同心策马正扬鞭。

2015年6月9日

机上观秦岭

过太白山望华山,群峰抱势意勾连。
寻诗秦岭云犹在,踏雪唐朝月未眠。
千古河声堪入海,一条龙脉可擎天。
脊梁托起复兴梦,万众同心指日圆。

2015年6月15日

乙未初春咏鹳雀楼

胜境难描负彩笺,凭栏浅画览风烟。
云随白日依山尽,眼望黄河到海穿。
把卷诗温千古梦,登楼人近九重天。
欣逢国运中兴际,一片心空月正圆。

2015年6月17日

那 夜

回首西楼犹自痴,秋波涨落意参差。
共君碧海青天侧,与梦推心置腹时。
两处闲来空寂寞,几番别过剩相思。
缘深缘浅何须问,那点温情斜月知。

2015 年 6 月 24 日

郑板桥

淋漓笔墨每堪惊,诗自疏狂眉自横。
竹影潇潇归画卷,兰香淡淡写人生。
岂无碧血三分热,怎奈乌纱七品轻。
莫道为官才数载,煌煌史册有清名。

2015 年 8 月 30 日

长假偶题

无意前缘楼外楼,依然故我在通州。
休贪艳色香山好,且喜温词陋室柔。
情到疏狂直欲敛,心归平淡不须收。
柴门谢客听鸡犬,遥念关东那个秋。

2015 年 10 月 5 日

八年有记

霞染云楼第九层，凭高纵目览新晴。
雪将褪色难留迹，柳已萌芽未作声。
驱雾风随诗浩荡，寻春路赖梦支撑。
八年回首知非易，要向燕山顶上行。

2016 年 2 月 13 日

席间闻酒品即人品有作

茫然回首半成翁，浪迹京华西复东。
云梦已同三月老，诗心难饮一杯空。
惯从酒品思人品，何以文风敌世风。
我自行来还自素，花开无意为谁红。

2016 年 3 月 6 日

无题或有题

故事经年抻懒腰，坊间柳色又喧嚣。
星辰恋旧还朝北，岁月怀春未长高。
缝补忧伤诗浪漫，点燃情感夜疲劳。
醒来合上红楼梦，问取风流值几毛？

2016 年 3 月 15 日

春日通州

大运河西宜纵眸,春光次第到枝头。
蝶初睡醒云初散,花渐芬芳柳渐柔。
每戒浮名伤淡定,岂因逆境怯风流。
扁舟一叶凭来去,诗海从容垂钓钩。

2016 年 5 月 14 日

郑板桥

乌纱掷却走扬州,何计怪名春复秋。
腕底兰花赊野趣,窗前竹影写风流。
半生宠辱诗千句,百姓忧欢月一钩。
冷眼红尘多少事,糊涂未必驻心头。

2016 年 7 月 11 日

黄 昏

无计疏通脑细胞,回眸唯见燕归巢。
几分诗兴沉杯底,半亩蝉声上树梢。
岁月焉能平淡过,键盘不再等闲敲。
炊烟呼唤知多久,八点之前有美肴。

2016 年 7 月 26 日

丙申秋初登黄鹤楼有记

凭栏极目恨来迟,欲赋平临北斗词。
听猎猎风天地阔,瞰层层浪古今知。
青云脚下宜当路,黄鹤楼头莫论诗。
阅尽沧桑轻宠辱,一江秋水逝如斯。

2016 年 10 月 8 日 于武汉黄鹤楼

再登黄鹤楼

浩荡长风壮我怀,一帘曙色应时开。
已堪肩上擎红日,不信坊间唯楚才。
千古烟波黄鹤去,几行诗句大江来。
初心难忘雄狮醒,国运中兴头正抬。

2016 年 10 月 10 日 于武汉

丙申秋日登南京城墙

回首斜阳暖带寒,聊从砖缝认硝烟。
江边帆影三千里,石上苔痕六百年。
铁马雄风犹自劲,金陵旧梦不堪圆。
城墙夜语听真切:毕竟民心大过天。

2016 年 10 月 21 日

暮秋有记

弹指之间几度秋,书生无意数风流。
低吟偏爱三春草,至乐非关一叶舟。
磊落情怀云淡淡,平常岁月水悠悠。
诗心唯恐喧嚣甚,幸在繁华最外头。

2016 年 10 月 27 日

米芾洗砚池

荷风款款柳丝丝,集字亭前谁自持。
醉醒之间君洗砚,沉浮以外我题诗。
伤怀深浅真难测,彻骨炎凉伴不知。
笔走龙蛇千载过,天光云影尚参差。

2016 年 11 月 4 日 于涟水

丙申初冬咏三门峡天鹅

洗却征尘梳羽毛,置身楼影待春潮。
一泓野水栖明月,几片芦花接碧霄。
云作路时心浩瀚,风垂翼处梦扶摇。
三门回首如图画,总把和谐当线条。

2016 年 11 月 5 日

岳阳楼

明霞伴我首登临，情系巴陵几许深。
把卷听涛来复去，凭栏鉴月古随今。
湖边偶作风流句，堂外常怀忧乐心。
极目潇湘天路远，聊观垂钓待知音。

2016 年 12 月 27 日 于岳阳火车站

老 妈

风雨流年百岁身，村头凝望是何人？
小花淡淡三分冷，野草青青一片新。
常恐梦中还有梦，惟期春后亦如春。
京师回首云千里，遥寄平安给母亲。

2017 年 4 月 25 日

北 漂

孤寂情怀野鹤身，翩翩白羽许征尘。
已倾笔底三分墨，难染天涯一片春。
诗意忽随云影淡，乡愁每与月牙新。
枕边犹恨莺声早，扰了寻归梦里人。

2017 年 5 月 10 日 于北京

通州偶感

萍踪无定寄都门，著作从今欲等身。
癖未曾除敲字句，情难久据厌风尘。
十年宠辱京西老，一路忧欢笔下真。
且置乡愁平仄里，草根本色做诗人。

2017 年 5 月 11 日 于北京通州

丁酉夏日寄友人

挥毫泼墨带轻寒，欲近九天明月难。
局外功夫频觅句，指间过往一凭栏。
休言花谢春将老，且喜心清人自安。
阅尽喧嚣归逆旅，扁舟载梦两三竿。

2017 年 5 月 17 日 于北京

密云拜会朱玉铎一行

纵目幽燕夏意新，长城依旧绕晴云。
山从雨点微时看，道向泉声细处闻。
逆旅已行千万里，真经难取两三分。
由来渴望清平乐，回首天边雁一群。

2017 年 5 月 19 日 于北京金地来酒店

寻梦松花江畔

长堤烟柳鸟关关,雨后荷斜别样闲。
诗就三分扶稻穗,云裁一片放鹰山。
幽怀市井喧嚣外,老笔江湖落拓间。
回首当年青涩过,扁舟寻梦钓钩弯。

2017 年 5 月 23 日

广 场

碑前缓步问苍茫,指点燕山放眼量。
观正阳门知进退,立中轴线叹兴亡。
可怜帝业千秋冷,枉使琉璃一片黄。
金水桥头新世界,红旗招展旧宫墙。

2017 年 5 月 25 日 于北京

丁酉五月寄友人

萍水盈堤不自禁,相逢浅笑即知音。
花香淡淡云初散,月影重重夜渐深。
一任流霞频入梦,始怜无药再医心。
思君漫理当年句,那缕温柔何处寻。

2017 年 6 月 13 日

旧书摊儿看毛主席著作画像

当年挥手力千钧,旧照泛黄秋复春。
一代辉煌犹未远,那些记忆总堪亲。
曾经过眼诸般事,能驻于心几个人。
大浪淘沙回首望,还原青史扫封尘。

2017 年 7 月 22 日 于北京潘家园

丁酉白帝城怀古

当年断壁趁斜阳,记取前朝诗几行。
石块百磨堪筑垒,城关一据可称王。
终归铁马烟云散,独对夔门风月凉。
千古英雄何处觅,涛声滚滚赴苍茫。

2017 年 7 月 27 日 于北京

三峡今昔

朝辞白帝路难平,峭壁当头神鬼惊。
两岸纤夫扛月色,一江号子掩涛声。
若非大坝云间卧,哪有巨轮天上行。
国运中兴圆梦日,琉璃万亩纵诗情。

2017 年 7 月 28 日

夜赏著名书法家商建兴先生大作

书道由来不易寻，疏能走马密容针。
造型方笔兼圆笔，估价千金复万金。
休向线条求大雅，宜从气象品高深。
爱难释手堪清赏，莫管鸡鸣月影沉。

      2017 年 8 月 4 日　于上班公交车上

诗中岁月

无关冷暖漫奔波，往事回眸一首歌。
客梦频频春色老，乡愁隐隐雁声多。
恨风流句能成癖，让性情人常入魔。
笔走都门朝复暮，平生最怕是蹉跎。

      2017 年 8 月 24 日　于上班路上

中共十九大召开

历数风流辨古今，征程犹赖指南针。
复兴伟业时难待，重绘蓝图秋正深。
圆梦仍须行大道，做人岂可忘初心。
激扬文字豪情在，如画江山宜放吟。

      2017 年 11 月 2 日

感 事

把卷何妨洗眼睛，拨云寻道一时清。
无边好景应嫌少，半点贪心犹恨生。
处世还须真坦荡，为人莫耍小聪明。
得便宜即便宜否？福祸从来相伴行。

2017 年 11 月 8 日 于通州

履新途中

十载都门说北漂，依然作嫁向西郊。
几丝白发垂青梦，一片痴心恋旧巢。
山月渐低知远近，天门犹闭待推敲。
携将寒意从容过，信有春风上柳梢。

2018 年 1 月 15 日 北京西城

丁酉岁末归途

案边十载等闲身，平仄推敲第几轮。
脚下纵多寻梦路，年前仍作返乡人。
思归诗句三更瘦，待染梅花一页新。
塞外风凉山月冷，无关白雪共阳春。

2018 年 2 月 8 日 于北京至长春动车上

蓦然回首

游子天涯不自如，行吟十载客京都。
枕边旧梦犹须做，笔下初心岂可无。
富贵从来归散淡，聪明到底要糊涂。
置身丽日和风里，春色撩人信手扶。

2018 年 2 月 22 日　于农安

旅途回首

别犹不舍老龙湾，半月佳期说往还。
平日闹中能取静，随时忙里欲偷闲。
休经磨难多年后，哪有功名一瞬间。
今夜春风来笔底，明朝信步向燕山。

2018 年 2 月 25 日　于农安赴长春返京途中

戊戌春归图

旺岁重来情复苏，天光云影共鸿儒。
宜从寒舍寻高士，莫向奇峰问坦途。
春雪犹期花烂漫，砚田岂可梦荒芜。
聊凭老气横秋态，诗意提醇酒一壶。

2018 年 2 月 25 日　深夜赴京途中

通州闲咏

醒来梦境已封尘,过往何须谁问津。
站位无关高大上,填词不避小清新。
放开眼界宜行世,立定脚跟堪做人。
检点平生应笑慰,久经磨难剩天真。

2018 年 3 月 4 日 于北京

灯节后一日

经年往事任浮沉,喜鹊声中春自深。
但向花方开处赏,休于酒未醉时吟。
江湖难测唯缄口,岁月如流要守心。
漫道桃源遥似梦,扁舟一叶总堪寻。

2018 年 3 月 4 日 于北京

观园林树

一夜春风仔细听,幽燕旧梦草初青。
新芽懵懂无妨绿,老干横斜已整形。
不信枝头甘寂寞,奈何笔下好伶仃。
诗心怯向长安市,看取病梅成画屏。

2018 年 3 月 5 日 于北京西城

春 夜

客路天涯一曲歌，都门十载枉奔波。
可怜笔底春潮退，愧欠人间诗句多。
雅兴忽来思浩瀚，清宵渐短怕蹉跎。
宝刀出鞘因闲久，先到金刚石上磨。

2018 年 3 月 7 日 于北京

戊戌二月初二日

春风浩荡下西山，杏蕾撩人学少年。
白发依稀云弄影，疏条摇曳柳垂烟。
情难了处何须了，梦到圆时终会圆。
且走龙抬头日运，诗心一片艳阳天。

2018 年 3 月 18 日

春到香山

草长莺飞又一轮，香山雨后日初新。
枝头好句凭谁晒，笔底清风犹自珍。
为续太平桥下梦，来赊定慧寺东春。
堤边回首波光远，杏蕾含羞柳色匀。

2018 年 3 月 22 日 于新洲商务大厦

天时名苑赏杏

重归名苑觅芳姿,听鹊声中猎艳迟。
小径自能春烂漫,南园谁忆雨参差。
最难此际拈花手,犹向去年寻梦枝。
蝶影穿梭香雪海,烟霞深浅应天时。

2018 年 3 月 25 日 于通州天时名苑

河边观捕鱼有记

风梳杨柳影参差,初试春波岂肯迟。
吞下金钩由自取,张开天网复谁知。
平安总在边缘处,好运常随低调时。
莫为诗情遮望眼,长堤光景要深思。

2018 年 3 月 26 日 于下班途中

母 亲

扶杖柴门不计年,可怜白发覆苍颜。
平生劳作常心驻,老眼昏花十指弯。
人去春回家以后,恩深天与地之间。
何堪梦里成追忆,寸草无声漫北山。

2018 年 5 月 14 日 于吉林农安高家店老屯

扫 墓

人生如梦叹喧嚣，毕竟投胎走这遭。
缕缕忧欢皆泡影，匆匆来去一鸿毛。
休言往事随风散，且看新松逐日高。
百代轮回春浩荡，东流江水自滔滔。

2018 年 5 月 14 日

戊戌夏至

流年漫解总无凭，骑辆单车逛北京。
小路蜿蜒通大路，东城穿越到西城。
坊间迷雾来还去，梦里香山阴复晴。
初日徐徐诗兴起，置身柳浪好听莺。

2018 年 6 月 22 日 于上班路上

练 字

纸上由来浅亦真，聊从墨色认浮云。
绝知浓淡无须管，但解方圆不可分。
做事每期多面手，为人最怕一根筋。
偶然得道天开悟，笔底生花非在勤。

2018 年 7 月 21 日

假 日

都门何处不鸣蝉？宣纸横铺裁半边。
念旧怕听东北话，偷闲贪睡两三天。
云栖高岸凭谁驾，诗到无题堪自怜。
莫问异乡消夏夜，为谁邀月为谁眠。

2018 年 7 月 29 日 于通州

白发自题

由来低调敛轻狂，十载都门作嫁忙。
岂料青春三部曲，忽成白发满头霜。
从今只可勤珍重，处世无须再伪装。
大道归真宜谨记，人生至乐在平常。

2018 年 8 月 7 日 于上班路上

忆长安街单车遇险

长街横逛日当空，任性何妨睡意浓。
运至但行千里路，劫来不过半分钟。
难能处变停摇摆，最是居安戒放松。
满眼金星天地转，诗中平仄可从容？

2018 年 8 月 14 日 于定慧寺东

乘高铁赴衢州

此度重来忆旧游,闲情深浅下衢州。
曾经往返途中客,无意横斜窗外秋。
人过盛年唯欲静,心驰千里总能收。
异乡风物诸般好,尤避台前抢镜头。

2018 年 9 月 24 日 于北京至衢州途中

游大伙房水库

琉璃万顷抹秋痕,两岸风情百里新。
碧水横流先浸日,层林尽染欲偷春。
诗心到此宜澄澈,人性从来归本真。
莫道行囊羞涩久,偶然得句可安贫。

2018 年 10 月 18 日 于抚顺

萨尔浒

四百年来仍浩茫,无边往事泛秋光。
扁舟荡桨平湖阔,归雁横空九月凉。
放眼群山观向背,当时一战定兴亡。
悠悠青史玄机在,且看潇潇落叶黄。

2018 年 10 月 18 日 于抚顺

赫图阿拉城怀古

城头伫立望乡关，秋水横铺一片天。
云影徐徐风乍起，雁声阵阵月初圆。
当时铠甲十三副，万里江山四百年。
多少英雄成过往，人非物是两茫然。

2018 年 10 月 19 日 于抚顺

夜宴楚畹园

漫饮清茶只管听，些些八卦总堪惊。
怜花梦幻之间老，叹月春秋以后明。
脚下已归诗境界，席前不解酒风情。
虎坊桥畔凉如水，俯仰都门雁一声。

2018 年 10 月 24 日 于湖广会馆

东海水晶城

冰雪经年月影沉，涛声流浪待知音。
淘沙旧梦何须老，觅句沧波不厌深。
只恐多些名利客，难能有个水晶心。
龙宫未必今还在，东海茫茫岂可寻。

2018 年 11 月 25 日 于江苏东海

江苏东海双西湖即景

七潭印月久闻名，十里长堤迷眼睛。
摇梦柳翻深浅色，离巢鹊跃两三声。
桥横彼岸风初起，秋尽双湖波未平。
莫道繁华都落去，枝头毕竟剩诗情。

2018 年 12 月 6 日

岁末年初

独立寒风唯老槐，不随柳影寄章台。
三千句向通州觅，一九年从半夜来。
诗近高端于野趣，人无个性是庸才。
小家子气由他去，天地之间境界开。

2018 年 12 月 30 日 于通州五里店

风行

兰亭新咏

永和九年三月天，云淡风轻柳如烟。
曲项白鹅层波里，层波荡漾碧无边。
遥山近水望中收，惠风和畅拭清眸。
吴声越调溪无语，雅韵千年款款流。
当年此处多王公，气宇轩昂唤书僮。
少长咸集风雅事，流觞曲水诗兴浓。
虽无丝竹管弦盛，畅叙幽情心淡定。
一觞一咏笑春风，倚马才思答与赠。
诗集蔚然成大观，何人执笔序一篇。
望归东床袒腹者，鸿儒意在妙笔前。
洋洋洒洒得心手，心手相应龙蛇走。
群贤瞠目啧啧声，文采飞扬将进酒。
烟霏露结缠绵后，凤翥龙翔纸背透。
使锋使转逸兴飞，笔下卓然云出岫。
神韵已然胜秦汉，笔情墨韵何烂漫。
二十八行三百言，第一行书天下叹。
掷笔狂歌鹅池畔，书僮洗砚游鱼乱。
柔枝漫舞效先生，先生与柳互艳羡。
心为游目骋怀高，放浪形骸兴难消。
桃花时节逢知己，携手谢安唱青郊。
仰观宇宙意如何，俯察品类感慨多。
当其欣欣于所遇，得乐且乐莫蹉跎。
忘形于斯千杯少，茫然不知身将老。
俯仰之间揽镜悲，两鬓经霜如秋草。

人生如梦几时休，漂泊无处可停留。
终期于尽如逝水，逝水一去不回头。
兰亭明月任浮沉，春复秋来秋复深。
养鹅道士知何处，阵阵鹅声枉自吟。
清风入怀酒一杯，婵娟朗朗共清辉。
当年赏月君去后，更有何人踏月归。
文海浩瀚潮来去，淘沙剩有哲人语。
兰亭诗有几人知，世人只知兰亭序。
一纸兰亭枕泪眠，昭陵深处梦已残。
望眼欲穿长安北，但教何日见真颜。
真颜不过一张纸，何必耿耿情于此。
真本摹本已无关，看透人生说生死。
时过境迁气象新，我辈有幸读斯文。
盛世和谐今同古，谁不仰止王右军。
运河北傍紫禁城，河水悠悠近绍兴。
千秋风雅连南北，兰亭今咏咏兰亭。
金水桥下漾金波，纵目燕山势巍峨。
天地悠悠空万里，听我一曲兰亭歌。

2011年6月18日

壶口放歌

青海长云雪纷纷，君从白雪证前身。
补天女娲疏一角，珠飞玉落溅红尘。
横溢八荒路漫漫，蜿蜒九曲花两岸。
牧马人唱凉州词，玉门雄关通秦汉。
遥看大漠立孤烟，悠悠羌笛自何年。
仙源泊进太白句，滚滚长河落九天。
乱石崩云天地惊，泥沙犹带狮吼声。
天来之水何浊甚，莫怪人间难得清。
任它清浊难回首，横扫千军将进酒。
惊涛裂岸长啸行，风云叱咤龙抖擞。
苍崖陡峭乱云飞，大禹精神染斜晖。
乾坤莫测流九转，倒转烟云能几回。
翻腾巨澜何所似，正合摧枯拉朽势。
倒海排山雨挟风，不知何物从何至。
凉风过处暑气消，接天云雾卧虹桥。
我立壶口尘心净，始信江山分外娇。
忽复万马卷尘埃，想非鬼使即神差。
且看十面埋伏处，三千铁甲扑面来。
沙尘搅得白日暮，地暗天昏疑无路。
马嘶风吼河咆哮，大刀一曲雷霆怒。
狭路相逢争上游，跌向谷底更抬头。
一自横空出世后，此水不屑着地流。
跃上龙门泻千里，纵泻千里情未已。
浩瀚烟波曲向东，海阔天空红日起。

2012 年 12 月 16 日

灞桥有怀

缓步长堤觅旧痕，花明浅照灞桥村。
柳色催人裁锦句，向谁摇曳不销魂？
灞水悠悠千载余，隋柳犹择桥畔居。
画中美景今尚在，丹青妙手叹唏嘘。
前朝铅华浮柳浪，柳浪听莺随风漾。
旧曲关塞角声中，古诗灞桥驴背上。
送君挥手隔篱笆，莫向春风问杨花。
扁舟不解离人意，纵然咫尺亦天涯。
东风佯作无情已，流风回雪三五里。
可怜愁似鸿毛轻，一片春心伤不起。
春半残时欲半消，群芳凋敝剩寂寥。
独坐桥头听流水，怅望浮云牵柳条。
柳条已非昨日身，缘何又发一枝新。
忽忆秦娥复秦月，诗心瘦似画中人。
别君时候拥桥头，折枝相赠解离愁。
离愁仿佛红笺字，一寸相思一寸秋。
烟波消涨向谁诉，灞水堤边柳无数。
梦里相约更奈何，断肠人恨天涯路。
夕阳寂寞柳无言，波光柳影摇长天。
诗人浪迹身何处，故乡遥指白云边。
柳外白云栖远山，青山白云相与闲。
世事漫如桥下水，逝水一去何时还。
灞水有情润岸柳，想君归兴浓于酒。
不信天负有情人，我为思君一回首。

2012 年 12 月 18 日

云中鹤归来

（一）

从未人云我亦云，小诗常带梦三分。
天涯游子思乡久，小路蜿蜒我共君。
共君那首小词中，那夜星辰那夜风。
莫道心思瞒过月，回眸一枕太阳红。
塞外青山邻野鹤，凌云白羽从天掠。
一鸣未必总惊人，也向芦花深处落。
寒枝摇曳待春归，唤醒眠芽第几回。
一曲童谣新雨后，且从篱下赏芳菲。
逸兴随风去复来，无关柳影覆章台。
新秋寄宿黄龙府，诗意封门推不开。

（二）

从来聚散似烟云，检点秋光瘦几斤。
挥手站台惆怅久，一时心雨落纷纷。
纷纷扰扰五湖中，宠辱都成过耳风。
心态放平依旧是，明朝高枕日头红。
自许前尘仙羽鹤，惊人自古非鸦鹊。
横空出世向长天，唯有青云堪起落。
落到东山莫问归，休从身世笑卑微。
万花盛处随人意，引领春风能几回。
一曲东篱归去来，无关风月立高台。
燕山顶上轻回首，朗朗乾坤胜境开。

2016 年 8 月 26 日

青云山放歌

青云湖畔听风啸，懒向湖光留晚照。
纵目云中那座峰，欲收笔底作诗料。
烟波浩渺接天屏，心随对岸一峰青。
倘于眼底失交臂，扼腕他年谁与听。
转过长堤数道弯，诗情飞上青云山。
青云山上难平步，穿岩走壁只等闲。
茫茫天地归一线，鸟迹人踪皆不见。
也拟聊发少年狂，汗水淋漓不知倦。
夕阳向右路向左，山风过处石尽裸。
始信峰高无坦途，石缝侧身浑忘我。
路转峰回总无凭，欲寻捷径尤不应。
峭壁当头频俯首，跃上青云又一层。
欣然极顶回首初，一座青山一卷书。
花花草草皆字句，字字句句我不如。
披星戴夜痴如此，独立苍茫谁得似。
我逢青山如梦中，料山见我应如是。

2018 年 5 月 16 日 于北京

泛舟明月湖

游弋巴山蜀水间，五十年来首入川。
久慕开江风物异，明月湖中好放船。
山风徐徐小舟轻，满载歌声与笑声。
山歌句句听仔细，水波荡漾眼波横。
山衔野雾归来早，船家遥指桃花岛。
可知岛上有桃花，诗人人老心未老。
欲裁山雾手轻挥，手轻挥处白鹭飞。
置身仙境桃源里，那缕温馨已久违。
扁舟荡桨清波动，且行且歌谁与共。
失之交臂一回眸，细雨湿了桃花梦。
尘梦无涯漫搜寻，薄雾渐浓水渐深。
湖水纵深终有底，深不可测是人心。
人心难测任虚无，与人为善即坦途。
不信明月辜负我，船头高吟明月湖。
水天一色梦悠悠，知梦能消万古愁。
运际开江豪气在，但将诗笔写风流。

2018 年 7 月 4 日 于四川达州

遂昌金矿引

越岭翻山思飞渡，百转千回疑无路。
前路难行终要行，白云飘渺杂晨雾。
白云晨雾绕深山，转过三十八道弯。
风清气爽凭四顾，松青柏翠水潺潺。
半山腰间深凿洞，一锤一镐石头痛。
世代不息向下寻，洞底深藏一个梦。
烈火焚烧野水凉，爆得石开进炉膛。
筛底碎石淘千遍，金子早晚要发光。
莫向矿道觅风流，冤魂处处深且幽。
当年遗迹今尚在，通向大唐无尽头。
金索桥横百丈高，山风猎猎铁索摇。
望里群山沉眼底，从唐朝到大明朝。
大明未必明如镜，只惜黄金不惜命。
四百年来兴替多，至今犹怀汤县令。
当年采矿不辞深，欲向山腹掘黄金。
一座大山金几两，欲壑难填是人心。
发财梦里谁能寐，世人只为黄金醉，
闪闪金光带血光，其中多少矿工泪。
财富从来不厌多，一念贪时可着魔。
天下黄金都给你，全都给你又如何？

2018年9月26日 于遂昌金矿

小令

西江月·自题

饮尽杯中承诺,淘干梦里文章。十年聚散鉴炎凉,已把青春典当。　　曾续白云为友,屡邀明月同床。新诗贪酒恋鹅黄,满纸灵犀流淌。

2004 年 7 月 19 日

西江月·农家生活

院外蛙吟雀唱,枕边犬吠鸡鸣。旱田十亩用牛耕,种下几分光景。　　品味酸甜苦辣,回收风雨阴晴。墙边杨柳月无声,陪伴檐前碎影。

2004 年 8 月 17 日

鹧鸪天·秋塘采风

平仄轻挥本性狂,遣词造句访南塘。西风梦吻芦花茂,小鸟声涂稻穗黄。　　怜逝水,叹残阳。满山凋敝剩忧伤。谋篇未就归来晚,一寸金秋一寸凉。

2004 年 9 月 21 日

西江月·梦里梦外

纵未春风放胆,也须夜雨瞒人。风牵花影惹红尘,添了新愁旧恨。　　东苑桥头折柳,西江月下伤神。昨宵美梦已消魂,晨起桃花一枕。

2005 年 6 月 14 日

西江月·黄崖关看长城

古道山魂铺就,青砖历史烧成。凌云蓟北舞龙腾,盘在黄崖极顶。　　台角埋藏烽火,楼头悬挂松声。金戈铁马总无凭,都作烟花梦境。

2005 年 11 月 1 日

鹧鸪天·房东宠物狗

户口由来在北京,狼头狐尾有芳名。花衣新款迷街市,美味三餐忧体形。　　宠物馆,减肥厅。亲亲宝贝让人疼。打工仔又归来晚,迎面飞来怒吼声。

2007 年 4 月 11 日

鹧鸪天·元旦有寄

小住通州秋复春,静观冰雪动观云。堤边垂柳疏还密,客里伊人聚又分。　　安陋室,享清贫。可怜岁岁怕年新。眉头忽锁凝神远,一缕相思叠皱纹。

2008 年 12 月 31 日

浣溪沙·通州住地闲咏

听惯江南塞北腔,那村名字叫杨庄。半间低矮小平房。　　门窄人须收腹过,风来花共几家香。书堆一角且当床。

2009 年 5 月 12 日

浣溪沙·抚宁中华荷园

曲径通幽细雨浓,无边翠色影摇红。小桥流水画图中。　　头上两三行野鹭,身边六百亩清风。谁擎花伞月朦胧。

2009 年 7 月 15 日

鹧鸪天·初雪

清影飘飘携素魂，梨花一夜玉乾坤。偏多乌鹊巢宫殿，几许寒潮怜草根？ 从陋室，辨程门，此身浪寄帝王村。春心且宿燕山下，绿梦横枝点点痕。

2009 年 11 月 2 日

鹧鸪天·两年有记

不越雷池半步间，权凭码字坐机关。公婆喜怒寻常事，朋友疏离上下班。 虽谨慎，岂平安。西楼望月几回圆。殷勤未必随人意，无愧于心又一年。

2010 年 3 月 3 日

鹧鸪天·大运河畔

旧梦未消新梦成，可怜爱恨总无凭。堤边即兴牵隋柳，桥畔回眸织女星。 翻岁月，过清明。满街灯火尚零丁。春心大运河中水，那抹红潮疑是卿。

2010 年 4 月 4 日

浣溪沙·太和邀月

往事如烟隔九重,高墙犹是旧时红。太和殿外正秋风。　　万卷宏图随梦尽,一轮明月未尘封。今宵依旧照深宫。

2010 年 6 月 29 日

鹧鸪天·夜游后海

水浣霓虹古渡头,荷风扑面已初秋。围湖酒馆连茶馆,隔岸钟楼对鼓楼。　　灯影乱,桨声柔。琵琶一曲荡清愁。赤条条地来还去,潮去潮来两自由。

2010 年 8 月 19 日 晚

浣溪沙·小年

独立高楼第九层,幽燕一脉半围城。窗前三载竟无声。　　风彻骨时春不远,月盈心处梦先青。丛中待笑蕾初萌。

2011 年 1 月 26 日

鹧鸪天·三年题记

掩卷修心白塔前,流云行处已三年。抒情手段裁诗瘦,码字功夫期梦圆。　　风渐软,雪微寒。帝王庙外看燕山。木鱼声里听鸦噪,都作禅音漫九天。

2011 年 2 月 23 日

鹧鸪天·金湖万顷荷花

碧叶田田放眼量,新红错落寄南塘。蝶翻作梦斑斓色,露散成珠翡翠光。　　花妩媚,句芬芳。诗人兴起一时狂。清风误入莲深处,摇动金湖万亩香。

2011 年 7 月 17 日

鹧鸪天·登圣泉寺

倦步清秋怯弄潮,长烟低暗雨潇潇。云难舒缓风难静,路渐蜿蜒人渐高。　　从眼底,到眉梢。茫然回首半山腰。心随一缕钟声远,俯首听经过板桥。

2011 年 8 月 25 日

鹧鸪天·怀念雷锋同志

往事如烟凝碧空，一行足迹太匆匆。每观日记情依旧，且喜题词字尚红。　三月雨，暮春风。山花烂漫与君同。人间真爱于何处？尽在平凡故事中。

2011 年 12 月 2 日

浣溪沙·四年感怀

纵目琼楼第九层，坐南朝北瞰西城。那年今日柳梢青。　一纸涂鸦明对暗，几番出律仄当平。忽闻归雁两三声。

2012 年 2 月 13 日

浣溪沙·龙年情人节

二月闲翻此日亲，西洋色彩掩都门。手牵短信放温存。　梦里玫瑰无处觅，案头文字四时春。一行诗句是情人。

2012 年 2 月 14 日

浣溪沙·寄园园

回首当年模样真,桃花艳艳欲封门。莺声断续曲翻新。　　篱下春心伤不起,枝头蝶梦破难温。落红憔悴为何人?

2012 年 2 月 26 日

浣溪沙·景山公园赏牡丹

新绿多情覆旧苔,无边春色又重来。百般红紫惹人猜。　　曾记去年携梦赏,不知今日为谁开。一枝寂寞不应该。

2012 年 4 月 30 日

鹧鸪天·兰州黄河

千古奔腾势未休,泥沙俱下到兰州。低眉潮卷千堆雪,仰首云堆两岸楼。　　凭逸兴,纵清眸。遥知大海在前头。黄河长啸穿城过,滚滚涛横万里秋。

2012 年 8 月 3 日

鹧鸪天·嘉峪关

雪映祁连春复秋,雄关大漠锁风流。千年往事凭谁写,万里长城到此休。　　寻故迹,上层楼,茫然东望老龙头。墙皮脱落斑斓处,犹印当时月一钩。

2012 年 8 月 7 日

鹧鸪天·蒲松龄故居

肃立堂前仰大儒,篇成幽梦字成珠。三间茅舍知风雨,一世功名问有无?　　将世相,付诗书。阴阳两界架通途。若非言不能言事,笔下何须借鬼狐。

2013 年 11 月 2 日

浣溪沙·临淄石佛堂生态蔬菜园

诗意渐从温室浓,无须泥土亦葱茏,枝头约梦嫁东风。　　春色移情新蕾上,阳光漫步大棚中。小词沾上草莓红。

2013 年 11 月 3 日

鹧鸪天·春到潼关

剥落墙皮梦一层，刀光剑影已飘零。回眸寒岳穿云起，俯首黄河向海行。　　翻往事，阅浮生。王朝流转草新萌。长堤燕剪风依旧，历史无情春有情。

2013 年 11 月 19 日

浣溪沙·桃林古镇醉吟图

秋近马陵残道新，婆娑桂影绕香云。回眸疑是杏花村。　　知老龙泉流妙句，向桃林镇借黄昏。今宵买醉一壶春。

2014 年 2 月 24 日

鹧鸪天·雾霾偶感

烟锁京华辜负春，车流塞处印愁痕。西山遁迹霾兼雾，红日休眠晨即昏。　　唯索取，感谁恩。贪婪手向地球村。资源有限君知否？留片晴空给子孙。

2014 年 2 月 24 日

浣溪沙·感春

乍暖还寒怜冻痕,闲翻过往辨难真。草青柳软杏花亲。　　要静下心非易事,能沉住气又何人。须从物外认初春。

2014 年 3 月 20 日

鹧鸪天·也读焦裕禄

回首长河叹世风,可怜春色太匆匆。大千生死原无异,有点精神便不同。　　君未远,影朦胧。今谁甘作主人公?民心天道官知否,旗帜当年血染红。

2014 年 3 月 31 日

浣溪沙·夜宿长白山脚下

小住山乡梦不成,开窗放进满天星。一怀童趣枕秋声。　　听鸟啼音能顿挫,看山轮廓渐分明。置身世外此心清。

2014 年 8 月 28 日

鹧鸪天·儋州东坡书院

（一）

宠辱由他堪自嘲，扁舟远渡夜听涛。庶民忧乐能常念，小我恩仇便可抛。　　风飒飒，雨潇潇。谪途何必要牢骚。大江东去流千古，不信涛声归寂寥。

（二）

把酒问天思北归，当时王土命难违。叹山还在云还在，怜物已非人也非。　　听细雨，辨残碑。层层落叶覆斜晖。高才八斗千年事，故址几株三角梅。

2014 年 11 月 17 日

鹧鸪天·甲午初冬乘地铁有感

滚滚人潮东复西，车门挤破不堪提。几家睡眼翻书报，多数低头玩手机。　　行陌路，梦佳期。投怀送抱紧相依。前尘倘使无缘份，此刻焉能零距离。

2014 年 12 月 18 日

浣溪沙·春到通州

　　艳蕾枝头孵彩霞，欲将心事绽天涯，春风迈过老篱笆。　　穿绿衣裙垂岸柳，涂红脸蛋向阳花。双飞燕子想成家。

2015 年 4 月 4 日

鹧鸪天·科尔沁草原遇雨

　　久慕天高地阔名，羊群过眼草青青。花缠过客怜春色，诗借扁舟荡桨声。　　风未老，雨还行，新秋湿了第三层。白云困了尤贪睡，灵感翻身梦里听。

2015 年 9 月 2 日

清平乐·开封

　　凭高南眺，聊对江山笑。三百余年曾姓赵，兴替谁能预料。　　回眸铁塔凌空，长桥春水流红。图上清明犹在，八朝烟雨迷蒙。

2015 年 9 月 13 日

鹧鸪天·开封西湖

莫道风华绝代姿，宜人娇态总矜持。敢赊千顷黄河水，来润当年红杏词。　　堤漫漫，柳丝丝。一湖秋韵几行诗。东京桥下扁舟过，波漾春心浑不知。

2015 年 9 月 14 日

清平乐·清明上河园

扁舟归岸，谁不怜春半。柳影参差花影乱，十里清明画卷。　　琉璃斜卧长虹，桥头叫卖从容。车水马龙依旧，还疑梦里开封。

2015 年 9 月 15 日

清平乐·秦皇岛领奖

诗情难了，寻梦秦皇岛。怜北戴河秋色好，约会汪洋尚早。　　离弦一叶扁舟，垂竿闲钓风流。休管鱼儿大小，此来不负金钩。

2015 年 9 月 22 日 于秦皇岛国际饭店

清平乐·题著名书画家李景林赠画

听风倾诉,北戴河边路。惯看渔夫挥洒处,纸上风流无数。　　难禁国色销魂,凌波仙子擎云。墨染石头深浅,闲章物我皆春。

2015 年 9 月 24 日

浣溪沙·河北青虚山游记

诗兴青虚山上浓,重阳节后趁西风。登高拾句野云中。　　小院黄昏秋寂寞,空林子夜月朦胧。微霜入梦雁来红。

2015 年 10 月 24 日

清平乐·适逢雪后抗日山诗词大赛颁奖会

天高日朗,又中头名榜。白雪阳春非过往,放纵灵犀流淌。　　枝头卧满繁星。银妆素面无凭。蓦地诗心烂漫,一帘幽梦晶莹。

2015 年 11 月 25 日

清平乐·扬州瘦西湖

诗心简陋，荡桨黄昏后。竹影纠缠堤左右，消费西湖的瘦。　　烟花三月匆匆，遥怜秀色空濛。绿印苔痕留鹤，佳人春水流红。

2016 年 3 月 25 日　于扬州瘦西湖

浣溪沙·过锦州所见

窗外依稀是故乡，炊烟摇晃小村庄。绿阴放纵压山梁。　　渔网沉浮捞日影，稻田疏密育诗行。春心植入水中央。

2016 年 6 月 11 日　途经锦州

清平乐·听习总书记七一讲话

回眸过往，告诫于全党：执政为民凭信仰，赶考依然路上。　　坦途自古难寻，复兴伟业情深。国梦正堪期待，但能不忘初心。

2016 年 7 月 5 日

临江仙·回首

弹指之间多少事,都成过眼云烟。曾经青涩那些年。此情知几许,旧梦已无言。　　毕竟潮来潮复去,人生还要随缘。垂竿觅句自悠闲。挥毫凭逸兴,风月不相干。

2016 年 7 月 21 日

临江仙·金沙农村一景

云雾肩头缠绕久,披她三尺清凉。金蝉消夏短还长。野葫芦避雨,爬进小洋房。　　白鹭翩翩来复去,蛙声吵醒村庄。一丛竹影入蕉光。小词滋味淡,兑点稻花香。

2016 年 8 月 5 日　于贵州金沙县平坝镇双兴村

临江仙·秋日

柳渐瘦身云渐老,秋声潜入京都。炎凉过眼又何如?慧人心似镜,却假作糊涂。　　命运由来天注定,折腾还是虚无。释怀自古赖诗书,置身纷扰外,低调走江湖。

2016 年 9 月 7 日　于通州

临江仙·秋游南京明城墙记

秋雨潇潇随叶落,谁怜浩瀚烟波。回眸铁马与金戈。纵宏图万里,霸业又如何。　　昨日浮华皆散去,堤边云影婆娑。雄风多少被消磨。城墙明月朗,依旧势巍峨。

2016 年 10 月 27 日

临江仙·镇江农村所见

纵目村头飞鹭过,山溪流水匆匆。夕阳浣彩碧波红。看扁舟荡桨,钓兴一时浓。　　竹影横堤摇往事,黄昏闲倚微风。江南寻梦几人同。鸟眠牛背上,霞落野塘中。

2016 年 12 月 8 日

临江仙·丙申冬润扬长江大桥怀古

拍岸涛声携远古,一排雪浪横江。秦时明月费思量。问天知道否?青史有多长。　　俯仰而今依旧是,何堪烟雨苍茫。金陵旧梦付残阳。泥沙东入海,卷走了兴亡。

2016 年 12 月 8 日　于南京

临江仙·再登北固楼

纵目湖光千万顷,焦山塔影明眸。东南形胜望难收。倚栏凭指点,掌上阅春秋。　　三面涛声移北岸,风携诗韵悠悠。六朝风月到楼头。胸中天地阔,笔下大江流。

2016 年 12 月 10 日　于镇江

鹧鸪天·李林通忆旧

情向黄龙府北浓,那年荡桨李林通。两行春借桃花雨,一卷云开杨柳风。　　翻往事,望长空。当时人已各西东。许多刻骨铭心句,不在诗中在梦中。

2016 年 12 月 19 日　于北京

临江仙·湘江大桥回望橘子洲

一曲新词知久远,衔来多少回眸。轻帆点点过汀洲。听风从远古,吹到了桥头。　　柳影长堤依旧是,云烟迷麓闲愁。涛声万里载春秋。无关千万岁,注定要东流。

2016 年 12 月 23 日　于湘江桥头

临江仙·丙申岁末

回首西楼斜月暗，檐前八卦蛛丝。雷声冲动雨来迟。积年封闭久，旧梦已消磁。　　故事悄然成过往，何堪还作谈资。举杯怯酒问谁知？人生应最怕，熟到陌生时。

2017 年 1 月 22 日　于长春

鹧鸪天·丁酉正月初五

灯火阑珊依旧新，沿街深浅照归人。小词逐梦长牵手，初月偷情半隐身。　　星眨眼，路销魂。何妨拥处雪单纯。春风潜入黄龙府，只恐迟来辜负君。

2017 年 2 月 1 日　于农安

清平乐·上班路上赏玉兰

啼声催晓，蝶醒都门早。月朗星稀随梦了，雪影晒成诗稿。　　枝头犹待知音，何堪日渐春深。空放佳期流过，想来花也伤心。

2017 年 3 月 14 日　于北京长安街

临江仙·丁酉回眸

寻梦京华回首望，依稀昨夜星辰。虚名过眼即浮云。此生何所有，侥幸剩天真。　　棱角分明难自省，休言多少伤痕。诗中岁月旧翻新。曾经沧海后，犹是性情人。

2017 年 6 月 30 日　于通州

浣溪沙·京城大雨

水漫都门车碾天，一街花伞走长安。　阴云密布锁西山。　　注定不经风雨过，凭空欲见彩虹难。人生顺逆总相关。

2017 年 7 月 6 日　于长安街上

浣溪沙·京郊晨曲

鹭影横天梦复苏，蝉声连片醒来初。堤边勾勒赏幽图。　　蝶恋花心尤待雨，风翻莲叶错当书。诗笺岂可再荒芜？

2017 年 7 月 29 日　于北京

鹧鸪天·黄昏

　　裁下云端那抹红，山前缓步正从容。夕阳卧进蝉声里，诗兴浓于月色中。　　幽径外，小桥东，太湖石畔晚来风。篱边花影横斜睡，堆向心头第几重？

2017 年 8 月 1 日　于北京通州

清平乐·走过长安街

　　长安街上，晨雾随烟浪。红绿灯知谁点亮，约束车流放荡。　　清平盛世温柔，人潮金水桥头。犹记初来时候，而今又是新秋。

2017 年 8 月 18 日　于上班路上

临江仙·丁酉秋夜

　　展转天涯为异客，依然身在通州。一条微信好温柔。那年花弄影，今夜月当头。　　回首家山千万里，挥之难去乡愁。曾经辞梦下西楼。归期犹未定，也许在中秋。

2017 年 9 月 3 日　于通州

临江仙·归去

十日光阴弹指过，何堪两手轻挥。秋声远近漫相随。鹊声频入耳，柳影渐低眉。　　最是别时犹不舍，从来离散难违。但期年底早些回。兼程因路远，星夜雁南飞。

2017 年 10 月 9 日 于返京途中

临江仙·游天安门广场

金水桥头舒望眼，人潮尽是知音。置身花海忘秋深。喜春风万里，缕缕是初心。　　大会堂前听笑语，一怀诗兴难禁。九天朗月欲登临。蓝图连伟业，国梦待追寻。

2017 年 10 月 21 日 十九大期间于北京

清平乐·题照

斜阳偏右，背影黄昏后。冷艳凝香些许瘦，明月相思依旧。　　由来逝水无声，满塘心事浮萍。莫道春风词笔，栏杆拍遍谁听。

2017 年 11 月 14 日 于通州

临江仙·金陵怀古

　　回首揭竿而起处,曾经血染山花。横刀立马闯天涯。运随风水转,轮到老朱家。　　时过境迁明月暗,云烟缠绕篱笆。大江东去浪淘沙。话题依旧是,那个放牛娃。

2017 年 11 月 27 日　于镇江

鹧鸪天·江南有怀

　　犹记庐山那日游,风清气爽水温柔。别君以后千寻梦,弹指之间十个秋。　　云聚首,路从头。江逢扬子又同舟。初心每向京东觅,倍感深恩月一钩。

2017 年 11 月 29 日　夜于镇江

清平乐·春又归来

　　沧波初度,塔影频回顾。帘卷黄昏曾驻步,龙府心归何处。　　悠悠岁月流年。茫茫人海随缘。看雪张开双臂,听风拥抱春天。

2018 年 2 月 12 日　于农安

鹧鸪天·初春

回首长天归雁鸣,堤边得句共谁听。山云携雨终无迹,春雪成溪不作声。　　风款款,草青青。桃林一夜蕾初萌。芳丛待笑知何日,春色撩人迷眼睛。

2018 年 3 月 6 日　于北京

鹧鸪天·戊戌初春

破土新芽旧梦多,不辞冰雪倚山坡。天涯回首黄龙府,楼外凝眸喜鹊窝。　　云散漫,柳婆娑。流年立久待春波。东风过处原无语,一夜吹开大运河。

2018 年 3 月 8 日　于北京

鹧鸪天·感事

回首都门春渐深,偷闲泼墨复听琴。缤纷总赖三原色,激越难凭一个音。　　南转北,古由今。平凡事理每堪寻。从来大道居中走,无愧当年那片心。

2018 年 3 月 11 日　于通州

清平乐·开江途中

蕉光竹影，信笔皆风景。河未午休蛙未醒，新绿参差千顷。　　翩翩白鹭横空，丝丝游兴初浓。雨后诗心荡漾，山间云雾迷蒙。

2018 年 7 月 3 日 中午开江采风途中

临江仙·观牡丹亭

大幕徐开真亦幻，灯光欲暗还明。小桥流水晚风轻。为寻汤显祖，来觅牡丹亭。　　世道休言今复古，从来演绎无凭。悲欢总赖梦支撑。人生原是戏，戏里品人生。

2018 年 9 月 26 日 于遂昌汤显祖大剧院晚

采桑子·临江楼

凭栏无语层楼上，岁月悠悠，江水悠悠，带走闽西多少秋。　　当年那阕词犹在，难再从头，还要从头，不忘初心纵远眸。

2018 年 10 月 14 日 于福建上杭

相思客·别上杭

雨打芭蕉梦幻篇,他乡码字阻流年。悠悠诗意三秋外,款款春风十指间。 将劲臂,抱青山。怀中那片鹧鸪天。重逢他日知何处,梦里汀江相见欢。

2018 年 10 月 15 日 于上杭开元大酒店

评论

《中华诗词》纪实

创刊号《〈中华诗词〉创刊座谈纪要》中说：中华诗词学会自1987年成立以来即酝酿出版会刊《中诗诗词》。在刊号未批下之前，先用书号出书。1994年1月27日，《中华诗词》正式刊号下达（国内刊号：ISSN1007-4570；国际刊号：CN11-3453/I；邮发代号：82-827）。同年7月15日，创刊号出版。截至2018年底止，共出刊238期。

1996-2009年期间，《中华诗词》先后由"中华文学基金会""兖州矿业集团有限责任公司""深圳特区报"协办。

1994年创刊以来，经历了半年刊（1994）到季刊（1995-1996）、双月刊（1997-2002）、月刊（2003-）的转变。

1994年创刊到2002年，杂志采用的是骑马式装订，即两个书钉从中间一钉成书。2003年以后，采用胶订，开始有书脊了。2011年，封面覆膜。

1994-2010年是64页，2011年至今为80页。

1994年创刊始到2009年，社址在北京市东城区北兵马司17号（时中华诗词学会老会长钱昌照家的四合院）；2010-2012年2月在北京市西城区太平桥大街4号（当时国务院总理朱镕基特批的全国政协所属楼）；2012年3月至今在北京市海淀区阜城路58号（中国作协所属楼）。

1994年创刊时定价的3元（1994-1995）到以后的4元（1996-2000）、5元（2001-2006）、6元（2007-2010）、10元（2011-2015）、12元（2016-）的发展变化。

三位社长：梁东（1994.6-2001.6），李文朝（2010.8-2018.4），范诗银（2018.5-）；一位副社长：王吉友

（1994-1998）。2002 年起杂志未挂名社长，2010 年第 8 期恢复社长挂名，位列主编之后。

五位主编：刘征（1994.7-2001.6），杨金亭（2001.8-2010.7），张结（2001.8-2010.7），郑伯农（2010.8-2018.1），高昌（2018.2-）。杨金亭和张结同时任主编，相伴始终。自郑伯农始，实行主编负责制。

两位执行主编：王亚平（2010.8-2011.5），高昌（2011.6-2018.1）。

六位轮值主编：周笃文（1997.3 始），林从龙（1997.4 始），洪锡祺（1997.6 始），王澍（1998 始），杨金亭（1999 始），张结（2000.5 始）。

十六位副主编：周笃文（1994-2000），林从龙（1994-1999.2），王澍（1994-1998），洪锡祺（1994-1998），许兆焕（1998.4-2001.3），杨金亭（1999 常务 -2001.7），张结（2000.4-2001.7），欧阳鹤（2000.4-2005.3），丁国成（2000.4-2019.3，），许世琪（2001.4-2003.5），蔡淑萍（2004-2006），赵京战（2004-2013.2），王亚平（2009.3-2010.7），林峰（2013.3-），刘庆霖（2014.7-），宋彩霞（2017-）。副主编中，还设了常务，此节未专门详细标出。

三位编审。作品编审：张结（2000.1-3）；评论编审：丁国成（2000.1-3）；编审：蔡淑萍（2003.3-12）。

九位特邀编审：张结（1999），丁国成（1999），翟致国（1999），刘麒子（2005-2009），刘章（2006.4-2010），蔡淑萍（2006.4-2010），董澍（2010.9-2011），林峰（2012-2013.2），刘庆霖（2013.6-2014.6）。

五位编辑部主任：王国钦（代2001.4-5），张文廉（2001.6-2003.5），赵京战（代2003.6-12），宋彩霞（2012-2016），潘泓（2017-）。其中王国钦和赵京战为代主任。

两位编辑部副主任：秋枫（2000-2001.3），潘泓（2013.8-2016）。

17位编辑：文章责编三位：金粟［洪锡琪］（1997.3-1998.6），卢白木（1999.1-2），何鹤（2018.4-）；

诗词责编十五位：王屋翁［王澍］（1997.3-1998.5），刘梦芙（1997.4-1998.2），欧阳鹤（1998.3-2000.3），秋枫（1999-2001.3），刘宝安（2007-2012.7。其中2008.2-2010.7取消挂名。），张超（据2003年第1期"青春诗会"栏目，张超个人简介是《中华诗词》编辑），张文廉（2001.6-2002.5），李书贵（据2003年第1期，编辑部主任张文廉写的"青春诗会"侧记里，有"《中华诗词》编辑李书贵"字样），张力夫［张志勇］（2007-2010.11挂名。其中2008.2-2010.7未挂名，曾署名"张志勇"），宋彩霞（2010.10-2011），张晓虹（2010.11-2013.7），潘泓（2012.8-2013.7），武立胜（2013.10-2014.10；2017.4-），胡彭（2014.11-），何鹤（2018.4-）。经核实，金粟是洪锡琪、王屋翁是王澍的化名。

封面设计者依次是：朱鸿祥（1994），李老十（1995），建业（1996），吴寿松（1997），卢宝泉（1998），肖艺（1999），姜寻（2000-2003），正信（2004），石俊卿（2005），吴春琼（2006），张昕（2007），陈非尘（2008），杨晓鲁（2009-2010），弘愚［何鹤］（2011），刘迅甫（2012），

弘愚［何鹤］（2013），亚东［张亚东］（2014），张亚东（2015-2019）。

美编依次为：田威（1994.7），李旭（1995.1），傅凌（1995.2），齐永山（1995.3），里叶（1995.4-1997.1），傅芝发（1997.2-1998.5），曲小平（1998.6），艾虎（1999.2-6），书文［秋枫］（2000-2001.3），董澍（2011）；版式设计依次为：帅光耀（1994.1）、梅素华（1994.2），傅凌（1995.1），群力（1995），禾子（1996-1998），龙汉山（1999），董游（1999），秋枫（2000-2001.3），王国钦（2001.4-5），张文廉（2001.6-2003），李津红（2009.2-12），董澍（2011），张亚东。

创刊以来，版式曾经作过很多尝试。书版、报版，横排、竖排。从1996年第2期至1998年，采用左右开卷。把封底也设计成封面，像古版书一样，右向左翻。文字也竖排。

《中华诗词》重视"诗书画"一体的理念。1994年第2期，便设置了"书画题咏"栏目。1995年始，《中华诗词》封二或封三等显著位置先后刊登了欧阳中石、沈鹏、启功、郭沫若、赵朴初等名家的诗书。2004年第10期始，还开辟了"书画集珍"栏目，发表一些书画名家的作品。

《中华诗词》创刊号这一期，理论文章排在前面，以后持续了好多期。到2018年底，共设过120多个栏目，发文近2800篇。创刊号这一期，诗词作品共设12个栏目，发表176人次的诗词作品。2018全年共设诗词栏目31个，上刊3567人次。

2002年11月18日，在北京召开了首届"青春诗会"，到2018年山东新泰青春诗会，走过了七个年头。从"青春诗会"先后走出来的魏新河、尽心、林峰、王震宇、郑雪峰、张青云、高昌、金中、韦树定等一大批优秀青年诗人，已经成为诗坛的中流砥柱。其中高昌、林峰已成了中华诗词学会副会长并分别担任了《中华诗词》主编、副主编。"青春诗会"以成为培养诗词人才的摇篮而倍受瞩目。

2004年9月25日，在北京市石景山区中础宾馆召开了"2004年京华'金秋'笔会"，金秋笔会这个提法自此出现。《中华诗词》杂志社先后在黄山、即墨、瑞昌、南戴河、临朐、上杭等地多次举办金秋笔会。"金秋笔会"已经成为联系作者、提高诗词创作水平的平台。到2018年，"金秋笔会"的人数不得不限定在300人。"金秋笔会"已经成为《中华诗词》杂志普及诗词教育的一个品牌。

2001年第4期，刊登了"中华诗词创作研究中心函投班招生启事"。杂志社组织诗词教学，开创了中华诗词函授培训班。同年第5期的"函授园地"上刊登的就是学员作品。而今每年一届的金秋笔会仍然属于当年诗词培训的范畴，不同的是，金秋笔会是现场教学。

创刊以来，杂志以诗词为媒介，广结善缘。创刊号上刊登了台湾何南史、管亚公、张执权、朱学琼、林恭祖，香港施议对、朱志强、罗忼烈、叶玉超，澳门冯刚毅，新加坡潘受，美国阚家蓂，加拿大叶嘉莹，法国薛理茂，日本后藤聪一、波多野重雄的作品。此后，对外联系与日俱增，为弘扬传统文化，为中华诗词走向世界做出了自己独特的贡献。

早期的杂志上，熊鉴名字的"鉴"字还是"金"字旁加一个"监"字拼成的。现在普通的电脑字库里已没有这个字，打不出来了。推陈出新与时俱进是永恒的法则，像许多事物终将被淘汰一样，有些繁体字也随着时间的推移会渐渐退出历史舞台。

创刊号上，袁第锐、林从龙等点评了刘梦芙、周燕婷等人的作品。1997年第5期及以后的《后浪横奔》栏目刊登了熊东遨、郑雪峰、王震宇、徐晋如、钟振振、尽心、星汉、王蛰堪、熊盛元、魏新河、杨启宇、王亚平等人的作品。这些在当时还是小字辈的"后浪"，目前已是诗坛的"大哥大"式的人物。《中华诗词》杂志见证了几代诗人的成长，成为名家巨匠的发祥地。

1998年第1期发布的"稿约"里有一条："来稿请用方格纸，以规范的简化字楷书。自留底稿，不退稿。半年后未见刊出，自行处理。"从这里可以看出，当时投稿几乎全用手写。那时，很正规，不能一稿多投。2011年，杂志首次公布了收稿用的电子邮箱，但把学会网站的邮箱（zhscxhw@163.com）错放上去了，第二期及时做了更正（zhscbjb@163.com），一直沿用到现在。十年过去了，现在很少有纸质投稿。

1995年第2期，设置了"韵律研讨"栏目，刊登了臧克家《给孙轶青同志的一封信》、孙轶青《论格律诗词的声韵改革》、启功《旧体诗的绊脚石》等文章。1998年第6期刊登了袁第锐《中华诗词如何迈出新的步伐》一文。主张舍弃《平水韵》，改用《词韵》写诗向新韵过渡，还附了《今韵表》。2002年第1期刊登了星汉的《今韵说略》和《中华今韵简表》。2004年第5期刊登了赵京战执笔的《中华新韵（十四韵）》，由于读者提出很多意见，第6期又发了重新订正的韵表。此后十几年，诗坛多以十四韵为新韵标准。

2018年第10期刊登了教育部出台的《中华通韵》，现在试行中。从《中华诗词》创刊以来发表的各类文章，以及用新韵创作诗词数量的增加和质量的提高，可以让我们看到：诗词用韵现代化已是人心所向。

《中华诗词》一直紧跟时代步伐，力求与时代接轨，努力向多媒体发展。2015年3月10号《中华诗词》微信公众号上线，2016年第1期封底刊登了微信公众号二维码。从此，读者可以扫码关注《中华诗词》。

据1998年第2期，各地邮发订户订10910份。同年第3期公布各地邮发为12000册；自办发行为4000册。就是说，1998年这一年杂志至少发行了16000份。20年过去，2018年杂志已发行量增长了一倍。

2000年《中华诗词》第1期（总第29期），总期标成了27期，出版日期也标成1999年2月17日。许兆焕的"焕"打成"换"。杂志总期数也没有51期。就是说，总期数有两个27和50期。2006年第1期将封面设计者"吴春琼"错标成上年封面设计者"石俊卿"。宋谋玚的名字由于"玚"字生僻，某期目录上中"玚"字的位置是空着的。等等，恕不一一。总之，也有许多遗憾。

如今，《中华诗词》走过了25个年头。且看创刊号顾问和编委名单：赵朴初、马万祺、臧克家、霍松林、陈贻焮、王国明、丁芒、田俊江、张结、李汝伦、林岫、苏元章、杨金亭、姚普。创刊号刊登了周谷城、苏步青、李锐、王巨农、杨启宇、周毓峰、余元钱、李维嘉、张智深、林恭祖、阚家蓂、叶嘉莹、施议对、冯刚毅、后藤聪一、萧劳、伏家芬、傅义、文中俊、刘少平、王蛰堪、周汝昌、叶元章、刘人寿、刘夜烽、刘章、周退密、孔凡章、苏些雯、王学仲、王亚平、侯孝琼、刘庆云、熊东遨、胡迎建、欧阳鹤、熊盛元等人的作品。可以看出，那时的诗词，是精英诗词，局限在庙堂。而今，情况大为改观。2018年，杂志上发表作品的人多是名不见经传的草根。这时的诗词已扩展到民间，遍布江湖。不知不觉间，从当时的精英文化过渡到现在的大众文化。这是巨大的、历史的进步。中华诗词从来没有像今天这样受到重视，从来没有如此庞大的作者群和爱好者。这一切，都与《中华诗词》25年来的影响分不开。

2019年1月15日 初稿，2019年1月25日 修改于北京

新诗思维对旧体诗词创作的影响

　　新诗思维，泛指新诗创作中对表现对象进行分析、判断、推理等的过程。本文所说的"新诗思维"仅指在旧体诗词创作中采用语法结构的合理或随意搭配、各种词性的有机或信手拼贴等技巧进行创作的一种方法。

　　当前的旧体诗坛，一种注重提炼字、词、句为主体风格的诗词占据了一席之地。她运用了"新诗思维"，以其语不惊人死不休的理念，创作出了相当数量的作品，给当代旧体诗词界带来了一股清新之风，成为一时之尚。让新诗语言和现代情境进入格律诗词之中，每每使原本平淡的题材因为有了几处闪光的字句和迥异的思维架构而一下子变得清新起来。

　　　牛车款款向村还，鞭打枝头月一弯。
　　　满载春天希望走，夫妻灯下卸丰年。

　　《家乡即景》就是一首不同于传统诗词写法的例子。这是农村不能再平常的劳动画面：夫妻挥舞着鞭子，赶着装满玉米的牛车往家走，在灯下把它卸下，仅此而已。如果一味白描，这首诗不一定会生动。现在用了几个新诗化的语言和意象，则情境顿生，别有风味。月是不能鞭打的，希望也是不能用车载的，丰年更是不能卸的。而此诗并未因这样有别于传统思维定式，采用了新诗语言而让人觉得不舒服，反而有一种新奇的感觉。正是由于希望和丰年这两个虚词在这里被实打实地给载、卸了，才让人觉得与众不同，才让人眼前一亮。应当特别提出的是，这里所谓虚的光彩，实质上是建立在那些实体的物象之上的，而且是恰到好处的。如果把牛车、鞭、月，枝、村、夫妻这些去掉，那希望和丰年又寄放在哪里呢？这就是新语虽好，用在已具龙形之处点睛才会起作用。

风叶冷嗖嗖，村姑汗水流。
挥镰割月色，放倒北山秋。

这首《农村一景》，在前两句朴素的铺垫后，突然让镰刀收割月色，于是北山之秋应声倒下了。月色怎么能割呢？秋又如何放倒呢？正是这样有悖于常理的遣词造句，让读者从农村割庄稼这样一幅普通劳动场景中找到了不一样的诗感。这种非常语言组织的情境里，会让你感到美就被掩藏在我们生活中的每个角落里。回过头来，如果没有风、叶、村姑、汗水、镰、月、北山这些物象，那割和放倒岂不是言出无由？所谓皮之不存，毛将焉附。点石成金所指的石是具有金质的石，绝不是普通的石，没听说点水成金，也没听说过点灰成金的。

《春到黄龙府》，同样是以新奇的语言，诠释的关东田园风光：

缓步南山翠掩晴，无边秀色到胡城。
漫观风舔草芽绿，独爱霞依花蕾明。
一树黄昏沾鸟语，几丝垂柳钓蛙声。
牧鹅少女河弯处，坐看春潮旋转行。

和风舔着草芽；晚霞依附杏蕾；树枝沾满鸟语；柳丝垂钓蛙声；春心水中荡漾。就这样，把普通的农村景物串连了起来，于是，展现在你面前的就是经过作者加工了的另一番景象，这样的文字营造出来的意境，会让你置身其中。说她好，好就好在如前所述的她的美是体现在具体的眼前景物之中。看得见，摸得着，可观可赏，呼之欲出。在这样的前提下，那几个提神的动词"舔、沾、依、钓"在句子中才显得光芒四射。试想，此情此景，如果用我们惯常的思维模式来下字行文，难免就和古往今来无数诗人的语言、意境相重复，重复便一文不值。

如果说上面几首是以字词取胜的话，那么下面这首《北海漫步有感》，不但是情可以藏进桃林，还可以待时结出一个烂漫的春天。把这样的新诗化的思维融进了整体谋篇，较对个别字词的染色，就更进了一步，这无疑增加了它的内质的份量。

携手游园北海滨，疏枝寒蕾趁行云。
聊将情匿桃林里，结个春天赠与君。

虽然此诗用的是"新诗思维"谋篇，但在语言的表现上，还是采用以景托情、以情状景的方式，虚实相生，从而相得益彰。这样既有新思维，又有具体形象的东西，应当是当代旧体诗词所追求的。

其实，这种风格远不止来自不过百年历史的泊来新诗。我们的本土新诗的老祖宗，原本来自有着几千年传统的旧体诗。苏东坡有《花影》："层层叠叠上瑶台，几度呼童扫不开，刚被太阳收拾去，却教明月送将来。"放到现在，这首诗也在新诗之列，只不过，她是合乎格律的新诗。像古人的"云破月来花弄影""一枝春雪冻梅花""一山突起丘陵妒"等等不胜枚举的奇想佳句，都凝聚了所谓"新诗思维"。就连二人转《杨八姐游春》里也有"我要他一两星星二两月，冰流子烧炭要半斤……"等戏词，哪个不是"新诗思维"？

"新诗思维"在旧体诗中的运用，有个度的问题，像万绿丛中见几点红会让人欣欣然。如果进行大面积移植，花多叶少，效果会适得其反。为什么这个世界的主色调是绿色而不是红色，为什么这个世界的大多数人是群众而不是明星？这就是自然作出的选择，这是社会作出的选择。

再来看《秋塘采风》：

平仄轻挥我自狂，遣词造句到南塘。
西风梦吻芦花茂，小鸟声涂稻穗黄。
脚下流云摇碧水，岸边蒲草试残妆。
谋篇未就归来晚，一寸金秋一寸凉。

平仄怎么让你挥舞，西风如何吻茂芦花，稻穗怎么涂上鸟声，流云如何摇动碧水，蒲草哪里会穿衣服……带着这样的疑问，让你在呓语般的梦境中，浮想联翩，不能自己。其实原本还是那些平淡的意象，换成别样的语言，给人的感觉便完全不同了。可以说，是这样的新款语言增加了这个平常题材作品的可读性。如果我们仔细琢磨，就会发现，用几个靓词足可以让绝句新起来，但让一首律诗有同样效果就较为牵强。因为诗词是形象艺术，过分地以虚代实的结果必然是让原本鲜活生动的物象变得苍白无力，有些作品没有运用好这些新诗中的好东西，其结果只能让人感觉在生雕硬琢，无病呻吟。这首诗中的表现方法的好处前面已经讲过，但反复用这些虚无的意象难免给人一种磨叽的感觉，就像吃多了美味也要反胃一样。还要指出，如果是表现重大题材或表达深邃的思想，新诗的语言用得越多，就会越有轻浮油滑的感觉。

来看《西江月·农家生活》：

梳理蛙吟雀唱，收集犬吠鸡鸣。砚田几亩用牛耕，种下三分光景。　　驯养抑扬顿挫，咀嚼春夏秋冬。心头一片爱无形，陪伴檐前月影。

这样多半采用新诗语言，像故意编织出来的东西，用传统的眼光看，似乎有点喧宾夺主，让人无所适从。我们不难听到有大多数人说读不懂现在的新诗，如果你问啥是新诗，有人会说，你把精神病人的话写到纸上，进行不规则的排列，这就是新诗。虽然这话有点刻薄，但却道出了新诗在群众中的印象。新诗走的真得有点远了，所谓凡事适可而止，过犹不及。

可以肯定地说，"新诗思维"理念进入旧体诗中，利弊兼有。它是柄双刃剑，既有为旧体诗提神的妙用，又容易把旧体诗引向因辞害意的歧途。如果是平常题材，写点花鸟鱼虫、山情野趣等，所要表达的物象从意境上挖掘不出什么新的东西，也没有哲理可言，又要表现它时，那借助"新诗思维"，弄几个新鲜的词汇，或对其进行看似不合理但却又无理而妙的另类安装，也会给人以视觉上的冲击力和新鲜感。虚词实用，实词虚用，有无之间，虚实相生。这样，就可以避免重谈老调，在本无新意中让人产生新奇的联想。虽然大多的这类诗词没有什么实质性的意义，总还给人一种清新明快的感觉。花影刚被太阳收走，就又被明月送来，一层层地堆上我的窗子，几个没用的家奴咋就是扫不掉呢？苏东坡用了这样的巧思，在不着痕迹间，抒发了自己的诗外情感。放荡的春风色胆包天地调戏纤嫩婀娜的柳条，多情的雨丝乘着月色，瞒着邻居去和盛开的百合偷情。郑板桥在这里赋予了物象以人情，这样要比直接描写人来得新颖，来得让人愿意接受。当代词作家张黎也有"汗珠子滚太阳，泪花泡月亮"这样的歌词，其实就是借鉴了"新诗思维"的产物。但这种思维方式和表现方法，有时会让人深陷其中而不能自拔。每每作诗，不待整体谋篇，先生求巧之意。

就像这首《西江月·自题》：

　　饮尽杯中承诺，淘干梦里文章。十年聚散酿炎凉，已把青春典当。　　曾续白云为友，屡邀明月同床。新诗贪酒恋吴刚，满纸灵犀流淌。

她全篇都是抽象的语言和虚无的表述方式，虽也符合词牌的基本要求，却已不怎么像旧体诗了。就像用酒瓶装的水，它还是水。如果把这几首词换一种排版形式，完全有理由相信，这是地道的新诗。

从另一个角度看，为什么这种风格没有在诗坛上占据一定位置，这与古人已经认识到了这种东西只能作为一个配角出现，多则必滥。现在有些这类作品只追求外表的华丽，不注重内在的表现，结果是意象散乱，有句无篇，不知所云，流于低俗。难怪有人因此说，旧体诗只能走古典一路。这是很值得我们深思的。

再看另一首《西江月·自画像》：

> 挥手风尘岁月，置身平仄生涯。晾干云雾作袈裟，敢向篇章披挂。　　漫把禅音过滤，聊将心绪冲刷。烧开寂寞煮浮华，提炼酸甜苦辣。

让人可视的形象没有了，由形象而烘托出的意境不见了，代之而来的是七拼八凑的醉话，还有让人味同嚼蜡的符号语言。剩下的就只有这个徒有其名的词牌了。要知道，这种东西是在没有办法时运用的，不得已而为之。所以，我们看到她很少为古人当作范例来效法。可见，古人对此种表现手段是敬而远之的。相较"新诗思维"下的巧思，平常自然的白话语言更能表现朴素而深沉的题材，更能阐明不经意间让人接受的深刻道理。

"新诗思维"在旧体诗词的创作中，只能作为点缀使用，就像调料可以使菜肴更加美味，但终归还是调料。过分求巧这种风格一经形成，很难摆脱，最终有可能走上花拳绣腿，玩弄辞藻的邪路。一些彻悟之诗人，弃新求旧，返璞归真，就是明白了还是粗茶淡饭养人的道理。

就"新诗思维"入旧体诗词来看，成果是显著的。但我们理智地反省我们所有的收获，不难发现，在这些表象的背后，潜藏着巨大的危机。诗作中，这种风格的诗所占比例很少。诗坛里，这种风格的诗人所占的比例很少。这是必然的，也是艺术发展规律决定的。

不仅如此，"新诗思维"指导下的旧体诗，因清新亮丽而让人特别是年轻人钟爱。年轻人不但喜欢，而且很快就会找到并掌握和利用这种创作技巧。这样，很快会有成批的人进入这个行列，于是生产出千人一面的作品。年轻人从学识到阅历都尚待丰富，如果过早地接触这样的理念，势必会走入一条创作的窄路。

　　诗词发展到今天，历时几千年，是在不断地总结吸取前人成果和教训中一路走来的，百川入海，大浪淘沙。任何一种探索、尝试都在为中华诗词的不断发展做实验，都是让人尊敬的，无关它的成败。

哲思与田园诗词创作

晋陆云《晋故豫章内史夏府君诔》："澄鉴博映，哲思惟文，沦心众妙，洞志灵源。"哲思意即诗人在写作中对物象进行观察思考，从中提炼出人生感悟与思想智慧。先秦时期的《孺子歌》与《楚辞》中的《天问》皆富哲理。到了陶潜，其《饮酒》可谓情理兼备。唐宋时期，诗词发展达到高峰，出现了许多哲理诗。这种诗内容深沉浑厚、含蓄隽永，将哲学的抽象道理蕴含于鲜明的艺术形象之中。到了苏东坡，将哲理诗推向更高峰。田园诗词从古至今，运用哲思创作从未中断，出现了大量的优秀作品。本文仅就自己运用哲思创作田园诗词谈点体会。

哲理诗词的主要特征是以景传情，以情达理。它融景物、形象、说理于一体，以其特殊的艺术魅力，揭示哲学领域中的某一命题和道理，从而完成了传播知识、启迪智慧、感悟人生的目的。来看《向日葵》：

风光原是梦，仰脸总堪轻。
知道低头后，此生方有成。

写葵花的诗很多，但多从表象写表象。此作可以看成是纯粹的咏物之作，本来字面上也是在写葵花生长的过程。也可理解成借物咏人之作。首句写过眼皆浮云；承句写围绕着他人转便会失去自己；转句从上句的仰脸变化成低头；结句收束全篇，也是对前句的回答，也是前句的结果。只有低头了，才会有所成熟，有所成果，有所成就。此种咏物题材，如出神采，必定是加入了作者的哲思，使之具有了理性的光辉才能与众不同，才能引发读者共鸣，才能具有存在的价值。再来看《树墙》：

> 知君本是栋梁材，可叹原非当树栽。
> 置在街前添一景，出头自有剪刀来。

这首绝句同上，依然是咏物，也依然是有着本题与题外双重意指。树墙很平常，城市乡村都有。农村就用刺玫和榆树当墙用，尤其以榆树墙为多，在院子里从大门直通屋门。从把榆树钱洒入泥土那一刻开始，就已经确定了种子出芽后的属性是要做"墙"，而非成"树"。不能超过一定的高度，不能超过一定的宽度，要在实用和审美双重的约束下生长。榆树是很高大的树种，可以长到几人甚至十几人合围那样粗，可以长到十几层楼房那样高。同时也是生命力很强的树种，有的已经活了好几百年依然枝繁叶茂。但是，在特定的环境下，只能按主人特定的限定生存。面对这样的树墙，从环境角度看，它是一道风景，很美。但换位到榆树本身，是它愿意的吗？由此及人，不是更有想象的空间吗？看似写景，实则写人。这种亦景亦人的双重指向，注定是给原本平常的题材注入不平常的内涵。

优秀的哲理诗词反映作者对宇宙和人生真谛的探索，以及对社会理想的向往，因而颇受人们的喜爱。哲理诗词，具有很高的艺术审美价值和思想认识价值。《水边》正是这样的作品：

一抹夕阳斜未迟，池边苍鹭立多时。
躬身俯首悄然待，几尾游鱼遥不知。

这首诗从水边无数景物中裁剪出一帧画面，一帧平常不过的画面。但你透过画面看到的仅仅是静止的画面吗？这首诗区别于前两首，它不再是纯粹的平静的景物。如果看似平静，那也是表象的平静。那雕塑一样伫立的苍鹭，看似死一样的沉寂，但那双敏锐的眼睛一刻也未停止运转，机警地搜寻着目标。它在等，在耐心地等，等待画面以外游过来的鱼儿。果然到来的话，那雕塑便会一改常态，说时迟，那时快，在你没来得及反应的瞬间，将你吞入腹中。如果鱼知道，它肯定不来。如果没有鱼，苍鹭指定不等。鱼不知道苍鹭在哪个方向等，苍鹭不知道鱼从哪个方向来。双方一旦相遇，便会上演一场杀戮。其实，这静静的水边就是一个杀戮场，看似很美的地方，也会隐藏着无限的杀机。想一想，这多么可怕啊。

优秀的哲理诗词，总是艺术和哲理的完美结合，成为人类精神文明中的精品，洋溢着知识性、趣味性和启示性，具有很强的感染力。

几柄钓竿一线排，冰层上下两相猜。
贪图香饵终成错，只恨未能沉下来。

如果说前一首《水边》里的鱼，对将要发生的一切全无知情，值得可怜与同情的话，那么，这首《破冰钓鱼》则呈现了另一番景象。成排的鱼竿从冰孔放下，人在冰上，鱼在冰下。线上有钩，钩上有饵。人下饵为引鱼，鱼吞饵为贪吃。冰上冰下，两相较量。总有那么几条鱼禁不起香饵诱惑而咬钩，结果被从温暖舒适的水下拎到了寒冷的冰面上，然后便听命于钓者的随意处置。或放到冰面冻死，或放到鱼篓等待归家入锅。如果鱼能保持原来钓钩不及的深度，不为那放下来的香饵所动，便绝不会招致灭顶之灾。怨谁呢？只怪自己管不住这张嘴啊。此写鱼乎？此写人乎？皆是。一定要沉下来，天下没有白吃的午餐。下面这首《登山》则在平淡的意象中营造出让人回味的理性。

人近深山疏雨间，遥闻钟鼓暮云寒。
半途俯仰崎岖路，进亦难来退亦难。

小诗平常无奇，然而越品味你就越能领会其象外之象，意外之意。脚下之路，亦人生之路。有句话叫上山容易下山难，事实是，人生和登山一样，实在是进亦难来退亦难。有了这样的内涵，它就不再是平常意义上的山水行吟。上面这些诗例以平常物事寓哲理，而《无底洞》则是从不平常的景物中找回平常的心态，写法上别出心裁。但同样地在百般回味之后让你若有所悟：

裂缝从来不可修，保持间距赏清幽。
原知此洞深无底，莫起填她的念头。

无底洞，少见，可谓不寻常。正常情况下，由于猎奇的心理作怪，一定要近距离观赏。而小诗反其道而行：赏深幽，亦要保持距离。接着又是一句忠告，莫起填她的念头。这种双关指向写法，一向能取得别样的效果。不是嘛。凭你一己之力如何能填平深不见底的洞呢。仅此而已吗？不。更有比洞还深的人的贪欲，是谁能填平的吗？有些人比无底洞更无底，离她远点。

  百鸟无言林自深，苍鹰展翅遍搜寻。
  鸣声一旦连生死，沉默从来就是金。

  这首《沉默》是农村实景的状写。当苍鹰飞过喧闹的深林，所有的鸟声顷刻停止，接着是长时间的沉静。农村长大的我，对这种场景已经见怪不怪，习以为常了。但有一天，这种场景与诗思碰撞时，它便上升到了哲理的层面。鱼儿管不住自己的嘴，会自吞苦果。鸟儿管不住自己的嘴，会招致杀身之祸。所以，在苍鹰到来时，所有的鸟儿都选择了沉默，沉默让鸟儿得以自保，再一次佐证了那句老话：沉默是金。世上何止是鸟儿知道沉默，人比鸟更懂，也更会沉默。

  田园诗人能否取得大成就，关键的一点，是要考量他是否具有思想深度。事实上，许多伟大的田园诗人都具有哲人的头脑。笔下的平常景物，附载着老庄智慧的影子。因为有了哲思，写景诗中包孕理趣。从理性的哲思中关注生命的存在、体味生命的过程与意义，凸显了思想性在田园诗词写作中的重要地位，便极大地维护了诗词写作的艺术尊严。

2017 年 12 月 11 日 初稿于北京

爱情与田园诗词创作

从司马相如的"一日不见兮,思之如狂"到卓文君的"愿得一心人,白头不相离";从李白的"相思相见知何日?此时此夜难为情"到白居易的"相恨不如潮有信,相思始觉海非深",爱情,是自古以来永恒的诗词主题。但从前的日子过得很慢,一生只够爱一个人。而信息化时代、消费型社会的今天,贪婪与奢望为爱情快餐化在不断制造借口,梁山伯与祝英台的爱情故事早已无人问津。很少有人再提那句"死了都要爱",而是千方百计地想着"过把瘾就死"。江湖上"穿越大半个中国去睡你"的冲动被庙堂津津乐道。在这样的情势下,爱情诗词还有多大市场?当代田园爱情诗词向何处去?是否还有诗人执着地去关注、吟咏田园爱情题材?。

爱情从田园诞生,也必然在田园里生长,从远古走到今天,爱情从未离开田园,也从未走出诗人的视野和美好诗篇。本文就仅就自己爱情题材的田园诗词创作谈点体会。来看《垂钓》:

> 十里池塘野草风,夕阳沐浴脸初红。
> 村姑一角独垂钓,渴望相思在水中。

春风习习,花香阵阵。微风起处,碧波荡漾。一抹夕阳洒在姑娘的脸上,她有意无意地抖动手中的鱼竿,看着水中的倒影,幻化成心上的情郎。仿佛听见了那首欢快的歌:抱一抱那个抱一抱，抱着我的妹妹上花轿……待到夕阳落进山沟沟，让你亲个够。想着想着，不好意思地回顾四周。还好，没有人看见。《松花江纪行》也是类似的题材：

  草青沙软柳婆娑，撑伞村姑脸半遮。
  倒影摇红心荡漾，松江水暖逊秋波。

  美丽的松花江畔，她撑起那把曾经撑起过无数缠绵故事的花阳伞，立在堤边，那楚楚的倒影连同那片春心摇曳在春波之中。只是淡淡一笑一回眸，便秒杀了奔腾的松花江水……原生态的大自然里就这样演绎着生生不息的爱情故事。再来看《中秋赏月》：

  一轮明月正圆时，两处闲愁各自知。
  遥借嫦娥挥玉手，黄龙府里报相思。

  明月正圆，两地独处，千里之外，遥寄相思。你在家乡还好吗？你在他乡还好吗？你问我爱你有多深，月亮代表我的心。高秀敏说，爱情就是一个正常人忽然得了精神病。虽是台词，但玩味一下，也颇多感触。不是吗？晏殊笔下的爱情是"天涯地角有穷时，只有相思无尽处"；温庭筠笔下的爱情是"玲珑骰子安红豆，入骨相思知不知"。唯美的诗句感动了多少红男绿女，也伴随过无数红男绿女度过无数不眠的长夜。还记得《那夜》吗：

回首家山别样痴，秋波涨落意参差。
共君碧海青天侧，与梦推心置腹时。
两处闲来空寂寞，几番别过剩相思。
缘深缘浅来还去，那点温情斜月知。

铺着地、盖着天，天地间，你和我。星星眨着眼睛，看着这一切。没有热烈的拥抱，没有甜蜜的香吻。听到的是身边蟋蟀的歌唱和两个人的同步的心跳。就这样，你看着我，我看着你。许久许久。固然厮守很美，厮守让人陶醉。而距离更产生美，但距离考验爱情。王昌龄笔下的她"忽见陌头杨柳色"时"悔教夫婿觅封侯"；张九龄笔下的"情人怨遥夜"时"竟夕起相思"。爱情给古板的诗词涂上了一抹亮丽的色彩。穿越时空，那曾经的《梦》历历在目：

层层故迹枕边寻，倩影犹然撩我心。
一笑穿墙推梦醒，满园听雨对花吟。
漓漓月下春流远，寂寂枝头秋恨深。
回首当年那些事，手持红豆叹如今。

岁月无情，大浪淘沙。往事随风，流年如水。但总有那么一个人，总有那么一件事让你刻骨铭心。田园里的爱印着纯绿的色彩，田园里的情浸着泛红的涟漪。也许，许多的故事因为它的主人虽醉能同其乐，醒却不能述以文，而被无情地遗忘在高高的山岭，长长的麦田。但是，总有一个人，他是田园的主人，他是故事的主人，他是诗句的主人。让你在美妙的文字里体会浪漫的田园风情。

层云烂漫舞参差，烛影红妆正艳时。
昨夜几回新雨露，明霞一抹淡胭脂。
梦成春半醒还早，香压枝头折未迟。
就简删繁修画稿，最难除却是相思。

这首《海棠》，一定让你想起一幅油画《苹果熟了》。那画面没有一个苹果，甚至连苹果树也没有，只有一个老人的特写，他用幸福的眼神向上望去。望的是什么，是这幅画的主题。通过人物的刻画，让你从人物眼神感受苹果熟了的画面。还有一幅好像苏联画家的油画《即将消逝的夏天》，画面只有一个中年女人，风韵犹存的中年女人，没有夏天消逝的景物描绘。作者是通过这个即将走向衰老的女人来传递即将消逝的夏天这个信息。画里没有，画外有。全凭读者诗意地感受和想象。这首律诗也是这样的手法。不一样的是，它写的全是景，没有出现人。但句句是在写人。字里行间充满了双重的意象，亦人亦物，亦景亦情。这种爱情诗，诗坛很少，尤其是现代诗坛更少。这样的诗，将极大地提升田园诗词的艺术品质。但阳春白雪的东西总是让人感到敬畏，好像有天然的距离感。好，我们还是找个轻松的话题，欣赏一个通俗的微缩剧本《菩萨蛮·春》：

邻家院里三株柳，风中怀抱毛毛狗。新绿淡如纱，摇帘透杏花。　是谁呼宝贝，心向芳菲醉。媚眼荡秋波，攀墙唤小哥。

地点：邻家院里；时间：柳生毛毛狗的季节；人物：谁、小哥。那个"谁"挑起窗帘，拨开柳帐，越过杏花从一侧神色慌张地上。她垫着脚尖，趴上墙头，东张西望，一副焦急万分状。两只会说话的大眼睛饱含秋水。时间一点点过去，她越来越焦躁。索性一条腿跨上高墙，情不自禁地喊了出来："二狗子"。就在喊出的一瞬间，她意识到了不对，下意识地用手捂住了嘴巴，满脸通红……

桃花坞的黄昏，举目望去："悠悠心路望无涯，想象他年此处家。风韵已然昨日事，犹来山上傍桃花"。简直是太美了，让人眼花缭乱，应接不暇："风物多多亦善哉，删繁就简选题材。性情人自芳菲里，我要折枝君要开。"那一望无际的油菜花海，不就是一片天然的诗材吗："天渐黄昏人渐痴，茶花盛处意参差。恍然记起秋娘句，信手拈来折一枝"。

爱情是一道风景，一道错过就再难找回的风景。当你回首往事，一定会因为错过而懊悔。但品味着擦肩而过的美好，苦涩中不也值得留恋吗：

　　初蕾原非昨日身，只经一夜梦翻新。
　　总然春色千般好，艳遇何曾等过人？

这首《赏花有记》让你看到的爱情不只是美好，也有无奈。而《七夕后一日》不但有无奈，更有些逝去的苍凉：

　　长夜难眠天未明，何堪聚散忆曾经。
　　从今只剩些诗句，读与一弯新月听。

从李商隐的"直道相思了无益，未妨惆怅是清狂"到张泌的"多情只有春庭月，犹为离人照落花"，无一不是对过往的怀恋。人生总是有许多的遗憾，像我们曾经拥有过一样，失去也在情理之中，未必那样的可怕。当再度走在那个《桥畔》，从内心泛起的依然是爱的波涛：

遥忆当年一叶舟，曾经挥手在桥头。
相思犹似春江水，仍向离人心上流。

2017年12月12于北京

乡愁与田园诗词创作

　　乡愁是游子对家乡的眷恋、对故土的思念，是难以言喻的漂泊的情感。从李白的"此夜曲中闻折柳，何人不起故园情"到王维的"独在异乡为异客，每逢佳节倍思亲"；从宋之问的"近乡情更怯，不敢问来人"到杜甫的"露从今夜白，月是故乡明"；从刘禹锡的"旅情偏在夜，乡思岂惟秋"到戴叔伦的"行人无限秋风思，隔水青山似故乡"；从元稹的"朝结故乡念，暮作空堂寝"到白居易的"共看明月应垂泪，一夜乡心五处同"等等，都是乡愁在田园诗词创作中运用的典范。

　　近年来，田园诗词评论文章千人一面，重复前人，重复他人，重复自己。假大空充斥着田园诗词论坛。很少有人能从一个点、从一个侧面对田园诗词创作进行研讨。我翻看了几百篇田园诗词的理论文章，其所引用的诗例大多重复，真正的作手很少现身说法。理论家和作手毕竟有所区别。理论家偏重学术，多归于庙堂；作手偏重创作，多出自江湖。在田园诗词领域，现状是理论家研讨作手的作品，跟着作品走。还没有哪个高手创立一套田园诗词理论指导田园诗词创作。理论家研讨的滞后，导致作手创作的任性。作为一个田园诗词作手，看到这样的状况，未免有些对田园诗词前景的担忧。虽然我不是理论家，但作为一个爱好者也有义务把自己的想法说给理论家听。当然，我关于田园诗词写作的文字称不上论文，更谈不到学术，只是作为创作者的写作体会，抛砖引玉，给理论家提供一点素材，等待真正的理论家去归纳整理提升。指不定哪天被行家里手作为反面教材也未可知。倘能如此，亦为幸事。

  乡愁这个词儿，古已有之。作为田园诗词的表现题材，在创作中从未间断。现代农村城镇化，农业人口比例迅速减少是社会发展的必然趋势。很多农民在城市务工，已经形成了一个特殊群体。被城镇化了的农民，或农民出身的其他职业者，对家乡有着深深的眷恋，这种情感反映到诗词作品中就是乡愁。当下，写农民工的诗词，多半表现他们劳作、生活状态。其中有些是反映这个群体思乡的诗词。我作为农民工群体的一员，作为田园诗词作手，就自己创作思乡诗词谈点体会。

  风醒枝头发了芽，一帘幽梦淡如纱。
  异乡莫作销魂句，绿遍通州不是家。

  来京之前，大多时候生活在长春的老家，过着纯正的田园生活。到了北京，住在通州，也是农村。虽然有些差异，但终归还是过着田园生活。因此，在北京这十多年，依然写了大量的田园诗词。当然了，一样的山水风光，一样的田园景色，给我的感觉却有着本质的不同。反映在诗词创作中，也无不带有一种难以掩饰的思乡情绪。这首《通州八里桥观柳》，便是这样的作品。春天来了，风也醒了，睡梦在枝头已经发芽，那抹鹅黄渐变成淡淡的绿纱……好美啊。然而，纵目四望，这大好的美景，却是异乡。

墙外开荒春撒种，斜阳浇灌星星。殷勤呵护嫩芽生。辣椒镶绿钻，玉米戴红缨。　　白菜小葱东北味，异乡思绪难平。篱边诗句水灵灵。黄瓜疏复密，爬满故园情。

　　这首《临江仙·北京通州住地种菜有感》写的依旧是在通州的田园生活。但白菜小葱还是东北的味道，黄瓜架上爬满的还是故乡情愫。上面两首作品偏重写景，而下面这首《北漂》则侧重抒情：

　　孤寂情怀野鹤身，翩翩白羽许征尘。
　　已倾笔底三分墨，难染天涯一片春。
　　诗意忽随云影淡，乡愁每与月牙新。
　　枕边犹恨莺声早，扰了寻归梦里人。

　　一个人独闯天涯，个中滋味，难以尽言。许多年过去了，许多方面有了变化，不变的依然是那份浓浓的乡愁。上面三首，是写北京的田园生活。下面几首写的是在北京回忆写老家的田园生活，来看两首《清平乐·童年》：

　　炊烟摇晃，一树流莺唱。遍野山花随荡漾，日落风翻麦浪。　　檐前新月如钩，指间多少春秋。只有童年颜色，依然涂在心头。

童谣听惯,犬吠连成片。日子从前都很慢,多少流年暗换。　　白云朵朵悠闲,墙头山月弯弯。莫道穷乡闭塞,一条小路通天。

童年永远是人生记忆中最美好、最值得回味的部分。无论走到天涯海角,童年的生活,童年的场景都历历在目。而友情,则是伴随人生成长的一道更为亮丽风景,来看《鹧鸪天·李林通忆旧》:

情向黄龙府北浓,那年荡桨李林通。两行春借桃花雨,一卷画开杨柳风。　　翻往事,望星空。当时人已各西东。许多刻骨铭心句,不在诗中在梦中。

那是来京之前,我和孙艳平、潘太玲等到松花江畔的小山村去见当地的戏曲作者,时值夏末秋初,正是虾美鱼肥的季节。荡桨松花江上,漫步松花江畔。盘腿坐在炕头上,吃着烤苞米、煮花生,听着文友们讲的有趣的故事……每每想起这段美好,就会不自觉地生出些许惆怅,这些惆怅也不自觉地变成了文字。下面两首《临江仙》同样是充满着浓重的思乡情结:

荒野寻秋堪落拓，松花江畔同游。稻黄荷老水东流。茫然因倦久，仰卧小沙丘。　　回首十多年过去，乡情移到高楼。人生一叶似扁舟。问君还好吧，逐梦要从头。

　　弹指之间多少事，都成过眼云烟。曾经青涩那些年。真情知几许，旧梦已无言。　　毕竟潮来潮复去，人生只可随缘。垂竿觅句自悠闲。挥毫凭逸兴，风月不相干。

乡愁是诗词创作中永恒的主题，对于离家的游子，乡愁更是其笔下难以或缺的题材。异乡打工的我，触景生情是常事。《漫步》便是如此：

　　月近新秋撑梦高，堤边得句慢推敲。
　　天涯游子惊回首，一片乡愁挂树梢。

思乡的结果是回乡。家乡写乡与异乡写乡有着情感上的天壤之别。而游子归来后的笔下，其田园诗词作品则境界与当年在家时迥异。《老家》两首尤其能表现这种情怀：

　　秋梦漫无边，回眸日影偏。
　　村头三岔路，寻到了童年。

　　莫问从何认故乡，路西低矮小平房。
　　当年记忆今犹剩，那堵残存老土墙。

许多曾经的记忆随着时光的逝去而消逝，站在那片承载了自己童年的土地上，感受着岁月消融，物是人非，此情此景，让我百感交集。《闻老母患病返乡》则有一层淡淡的伤感：

星光明暗几重深，路载轻寒未可禁。
冷冷一弯边塞月，茫茫千里故乡心。
飞鸿淡影当时现，老树新枝何处寻。
山也萧疏云也瘦，村头归步正沉沉。

这里没有正面写母亲，只是通过景物的描写把我的内心感受呈现出来。情绪一定是和笔下的文字同步的，有什么样的感情，就会有什么样的文字。所谓一切景语皆情语是也。我每年春节都回家，其间也总会不定期找个理由回到当年的老家看看。来看《蝶恋花·回家》：

寂寞兼程星月小，一路行吟，一路翻诗稿。千里寻根情未了，天涯归兴知多少。　　纵目南山秋色老，旧梦依然，回到家真好。犬吠鸡鸣花共草，远离都市无纷扰。

思乡已久，回到故土那种兴奋难免跃然纸上。再来看两首《浣溪沙·过年》：

  一盏灯笼砖瓦房，水泥大道小村旁。儿时记忆雪茫茫。 游子归来成陌路，老家别久作他乡。已非昨日少年郎。

  牛满围栏粮满仓，鸡鸣犬吠唤朝阳。窗花对子裱新墙。 啤酒杯中盛快乐，馒头脸上泛春光。两根筷子入诗行。

看着家乡的变化，感受着时代的进步，体会着亲情的温暖，眼前的一切都是那样的美好。把这种美好，置于字里行间，自然便涂上了一抹鲜亮的色彩，充满了诗情画意。美好的时光总是更容易逝去，转眼，就是说再见的时候了，为了生活，还得远离故土，那是一种怎样的痛——《临江仙·归去》：

  十日光阴弹指过，何堪两手轻挥。秋声远近漫相随。鹊声频入耳，柳影渐低眉。 最是别时犹不舍，从来离散难违。但期年底早些回。兼程因路远，星夜雁南飞。

2017 年 12 月 8 日 于北京

趣味与田园诗词创作

子曰："知之者不如好之者，好之者不如乐之者"。好像知、好、乐，一层深过一层。其实知为首要，能知才能好，能好才能乐。知、好、乐三种心理活动融为一体，就是欣赏，而欣赏所凭的是趣味。

趣味是某种事物使人感到愉快、引发兴趣的特性。它以一种亲和力，使受众在新奇、振奋的情绪下，深深地被作品展示的视觉魅力或情感魅力所打动。在获得信息的同时得到美的享受，在审美体验的过程中轻松、自然地接受它所传递的信息。

田园诗词创作也和其他题材的诗词创作一样，趣味性是鉴别作品优劣的一个重要标尺。人有趣味则朋友必多，诗有趣味则受者必众。反之，人无趣味不亲，诗无趣味不读。下面仅就自己在田园诗词创作中的趣味运用谈点体会。来看《李书贵携妻看鹅》：

老李忽然问老婆，平生我待你如何。
老婆挥手轻轻指，请看池边那对鹅。

这首诗是去桃花坞农村采风期间，截取李书贵老师和夫人简短的对话而成。小诗几乎没有任何修饰与加工，原生态地呈现出来。它有艺术性吗，有时代性吗，我看没有。但是，它，有极强的趣味性。这首诗在《何鹤诗词选集》的几百首诗中，不过是补白角色，但读者无一例外地对这首小诗给予了不同的反馈。再来看《赏荷未见花开有感》：

一塘晴翠半连天，断续蛙声飞鹭闲。
且喜伊人堪入画，十分绿处补红颜。

这首诗相较前一首，在选材与表现手法上都有明显的不同。试想一望无际的荷叶遮挡视线，而无花一朵的时候，该是多么地有煞风景。有些失望的我，回眸同来的美女，不自然地想起人面桃花相映红的故事。于是，红颜便被移进了荷塘，让她们去填补那十分的绿处，不亦乐乎？只这最后一句，便让平常的景色生动起来，便让平常的小诗鲜亮起来。还是情趣使然。田园诗词，作为诗词的一种，尤其适合表现那些原生态的俚俗风情。《农闲二人转》即是：

艳抹浓妆四月初，乳峰双颤嗓门粗。
绣花小扇连环转，媚眼调情逗丈夫。

这首小诗剪裁于田间地头，带有浓烈的东北风情。应该是田园诗词不可多得的好题材。但却有位编辑说"不雅"。谁见过在东北农村唱京剧的，即使唱了谁会去听呢？所谓入乡随俗，一方水土一方人。只有这样的情景才是大东北，只有这样的诗才能体现地方特色。

趣味总是和情境共生共存。在一定的或特定的环境中，产生了一定或特定的情绪。这种情绪不自觉地也会走进诗词作品之中。而有选择地抓取其中最美妙的环节，至关重要。趣味，有时源于一帧画面，有时源于一个故事，有时兼而有之。《浣溪沙·雨中》便是这种：

  撑伞情怀唯自知，横街竖巷雨丝丝。桥头久立为君痴。　短信一条温旧梦，小花几朵衬新词。此来幽会正当时。

  这雨中约会的小词，有画面，有情节，有叙事，有议论。状物不可谓不细腻，言情不可谓不生动，情景不可谓不交融，技法不可谓不成熟。但细究起来，其看点也还是在煽情的趣味上。

  趣味多种多样，表现趣味也多种多样。善于提炼生活中的趣味，是好的诗人词家必备的能力。一样的出游，一样的景物，在不同人的笔下，呈现各不相同。读者的反响也相应不同。那是来京不久去爬香山，原本想象中的红叶，一直到山顶也未出现。按说是会遗憾有加，诗意全无。而我想到的是，红叶不肯红可能是出于窃许层峦的私心，便宽容吟就了《登香山不见红叶有感》：

  乘兴寻来到顶峰，茫然回首已成空。
  想她窃许层峦翠，不肯分心为我红。

  转结两句出人意料，与众不同。我带着一份获得好句的冲动下了山，读者带着一份别样情趣分享了我的感受。此诗是凭我释然的心态写就，如果说这是一首好诗，那也全在趣味。而《白城待杏花》则体现了我的另类情怀：

我爱芳魂杏自知，疏条无处系相思。
　　山坡坐待春风起，看你矜持到几时。

　　我带着冲动，用赵本山的话说就是：不管你欢不欢迎，我都是扑面而来的。但别有性格的杏花就是不肯开放。让倔强的我有些懊恼：还就不信了，你不开。你不是不开嘛，我还就不走了。想着想着还自言自语：让你矜持，看你矜持到几时？就这样我和杏花较上劲了，像一个孩子，童趣毕现。童趣，是所有趣味中最难得也最珍贵的。而童趣出现在诗中自然就会情趣盎然。

　　诗词创作和欣赏时所表现的趣味，由性情、身世和传统三个因素决定。根据天生的性情而加以磨砺，扩充经历加以体验，承袭传统融会贯通，这个过程就是所谓诗人的修养。诗词创作也和其他文艺领域一样，趣味不可或缺。诗词作品艺术价值有高低分别，鉴别高低多凭趣味，能把在自然或艺术中所领略的趣味表现到作品里就是创造。

　　铃声悦耳带和弦，憨态娇羞佯看天。
　　跑进走廊频笑语，一枝红杏到窗前。

　　这首《小妹接电话》情景交融，像一个微型电影剧本。手机突然响了，姑娘的脸腾地红了，本来心里有事儿，却要装作若无其事，怕人瞧见，把脸仰起，佯作看天。在离开他人视线的一霎那，一溜烟跑进走廊，她说了什么，跟谁说的，都没交待，只是把一枝红杏拉到了窗前与姑娘相衬。这画面，你尽可以发挥想象，在无人介入的空间里自己做一回导演。小诗出来后，虽没有高超的技巧，却由于超然的趣味赢得了读者的喜欢。这首小诗的姊妹篇《黄昏少女》，异曲同工。

　　朝阳盼罢盼黄昏，阿秀窗前望柳新。
　　门外忽闻吹哨响，手持小镜点红唇。

　　从有所掩饰的接电话一路走来，姑娘在爱情的煎熬中，现在已经是欲火中烧，急不可耐了。首句写的是一天之盼，快点黑天吧；承句写的是季节之盼，春天快来吧；转句写的是无形的声音；结句定格在特定的动作。一连串下来，姑娘那种怀春之情、思人之态便跃然纸上，呼之欲出。所有这一切，缘于抓住了最易动人的情与趣。

　　趣味是一种机智、幽默，更是人生的智慧。趣味终归于情，所谓情趣，情中有趣。随着时光的流逝，许多所谓有难以启齿的秘密都被当作谈资得以爆料，《小白杨》即是其中的代表：

　　枝繁叶茂掩风流，梦里小芳春复秋。
　　犹记夜深偷月色，曾经助我上墙头。

　　有句话叫三天不打自招，是的，这首小诗便是用诙谐的笔墨，进行的自我曝光。《村头偶感》亦然：

　　依稀村路系青山，蝶舞莺飞撞眼帘。
　　环顾当初幽会地，株株小树已参天。

　　这首绝句有空间的延展，更有时间的跨越。有画面的裁切，更有意境的提纯。让你在有限的景物面前产生无限的联想，只这一句"小树已参天"就把个镜头切回到几十年前。昔人已去，物是人非。然而这种无奈的感慨却是在充满情趣的文字里体现出来，自然让读者换了一种接受的方式。也许，这种方式就是文学的魅力，就是诗词的魅力，就是趣味的魅力。

诗情荡漾自风流，那缕波分湖上秋。
丽句清词无处觅，伊人拥水一回眸。

这首《漫步伊通河畔》，如果把第四句隐去，你一定不会猜到是现在这样。是的，这个结句有点不按常理出牌，但是，却收到了无理而妙的意外效果，别具情调。再来看《苗寨门前》：

牛角弯弯双手擎，殷勤敬酒劝声声。
姑娘尤爱风流仔，缠住诗人杨逸明。

这是去贵州大山里采风时截取的一幅非常生动有趣的真实画面。山里的姑娘也和内地的姑娘一样，对靓仔格外倾心。不同的是，她更执着。真实的画面经过提炼加工成诗，则有了几分别样的趣味。

文学的修养也可以说是趣味的修养。趣味看似寻常，得之实则极难。难在没有固定的客观标准，又不能完全凭主观的抉择。仁者见仁，智者见智。诗词趣味之区别极其微妙，差之毫厘，谬以千里。修养常常体现在毫厘之间。记住，没有趣味，别去碰诗。

2017 年 12 月 6 日 于北京